不可解な男～多岐川燎の受難～

雨月夜道

幻冬舎ルチル文庫

CONTENTS ✦目次✦

不可解な男～多岐川燎の受難～ ✦イラスト・中井アオ

✦カバーデザイン＝久保宏夏(omochi design)
✦ブックデザイン＝まるか工房

不可解な男～多岐川燎の受難～

二十二時三十分。めったに人が来ない資料室の隅に置かれたデスクで、多岐川燎《たきがわりょう》はパソコンのディスプレイを見つめていた。

少し癖のある艶《つや》やかな黒髪。色素の薄い瞳と形のよい唇が綺麗《きれい》にはまった、端整なその顔は、浮かない表情だ。

日付をまたぐほどの残業を続けること一週間、ようやく企画書が形になったというのにだ。

（これで、次のプレゼンも勝てるか……いや）

完成した企画書を再度確認しつつそう思っていたが、燎はすぐ首を振った。

そんな弱気なことでは駄目だ。絶対に勝たなければならないと、先日漏れ聞いた、同僚たちの会話を思い返す。

——多岐川、この前のプレゼンも勝ったんだって？　ここまで負けなしだなんて……さすが、あの多岐川律《りつ》の息子だよな。カエルの子はカエルって感じ？

——何言ってる。多岐川は才能だけじゃなくて、金も人脈も惜しみなく、社長のパパから与えられまくってるんだぞ？　勝って当たり前ってやつさ。

勝って当たり前……そう、当たり前なのだ。

イベント企画業界で時代の寵児《ちょうじ》、天才ともてはやされている「多岐川コーポレーション」取締役社長、多岐川律の息子なのだから、このくらい……と、そこまで考えたところで、胸の奥がずきりと痛み、燎は唇を噛《か》んだ。

純粋に父の会社に魅力を感じ、入社して三年。社長の息子だからと特別扱いはされたくない。自分の力で出世する。と、他の新人社員と同様の扱いで就職し、コツコツ努力してきた。

そんな燎に、同僚も上司も皆好意的に接してはくれるが、いまだに「多岐川律」越しにしか自分を見てくれないことには、憤りを覚えずにはいられない。

しかたないことだと、分かってはいる。長年この業界の第一線で活躍し続けている父を目の前にして、入社四年目の自分など目に入るわけがない。

自分自身を見てもらうためにはどうすればいいか。やはり、いい仕事をしていくしかないのだと思う。父に負けないいくらいの実績を作れば「多岐川律の息子」ではなく、多岐川燎として認めてくれるはず。そう思って、課の誰よりも必死に頑張っているわけなのだが――。

「……また、勝って当然って言われんのかな」

「まぁそうでしょうね」

「え？　……うわっ」

溜息交じりの独白に、思いがけず返事があったものだからびっくりして、燎は椅子ごとひっくり返りそうになった。すると、すかさず後ろから抱き留められる。

「そんなに驚いて……くく、相変わらず反応が面白くて結構なことです」

燎を抱き起こしながら笑う眼鏡の男を、燎はきつく睨《にら》んだ。

「慶《けい》ちゃ……じゃない、木口《きぐち》。いきなり話しかけるなよ。びっくりするだろ」

ここは社内だったと慌てて呼び直して抗議すると、社長第一秘書にして、燎の四つ年上の従兄弟《いとこ》、木口慶吾《けいご》はフンと鼻を鳴らした。

「ここまで近づかれても気づかないあなたが悪いんです。……それより、今日もこんな時間まで残業ですか？　いい加減お休みになったほうがいい。このままだと身体《からだ》を壊す……」

「子ども扱いするな。俺もう二十五だぞ？　体調管理くらいちゃんとでき……ふぐっ！」

燎は思わず声を上げた。突然、木口に鼻をつままれたからだ。

「子どもです。あなたは私におしめを替えられ、ミルクを飲まされてここまで育ったんですから、永遠に私の子どもです」

確かに、仕事で多忙を極めていた父と、病気でずっと入院していた今は亡き母に代わり、燎の面倒を見てきた木口にとってはそうなのかもしれないが、

「お前の、子どもになった覚えは……いてて！　いい加減手ぇ離せって」

「では、それは差し引いてさしあげます……が、やっぱり子どもです。つまらない見栄を張って、自分の首を絞めている」

どういうことだと木口の手を払いのけながら尋ねると、木口が肩を竦《すく》める。

「勝って当然と思われたくないなら、自分のデスクで残業なさい。こうして努力しているところを一切お見せにならないから、そんな言われ方をされるんです」

ずばり指摘され、燎は眉《まゆ》を寄せた。確かに、燎は入社当初から、人並み以上に努力してい

ることをひた隠しにしている。資料室でこっそり残業するのもひとえに、こうして努力していることを誰にも知られたくないからだ。そのせいで、燎は大した努力もせずに結果を残しているのだと、周囲に思われていると分かってはいる。

「分かってる……けど、そんなみっともないことできるか」

――「楽しさ」を売る仕事をしてるなら、野暮《やぼ》な現実は見せるもんじゃない。

律は常々そう言っていた。仕事の他に、燎たちの育児、妻の看病までもこなし、身体を壊す一歩手前までいきかけた時でさえも。

そしていつも軽やかに笑い、周囲に苦労や努力を一切晒《さら》すことなく活躍してきた。

そんな男の息子が努力をひけらかしたりしたら、恥晒しもいいところだ。

燎がそう言うと、木口は苦笑した。

「全く、社長の息子扱いされるのが嫌いなくせに。あなたこそ、社長を意識し過ぎです」

「それも、分かってるけど……お前はそういうの、全然ないよな」

「当然です。父親は父親、私は私です」

きっぱりと言い切る木口に、燎は密《ひそ》かに羨望《せんぼう》の眼差《まなざ》しを送った。

木口も燎と同じく父親が社長で、小さい頃から色眼鏡で見られてきた。しかし、木口はそのことをまるで意に介さず、自分の思うように振る舞い、生きてきた。

その毅然《きぜん》とした姿勢のせいか、誰も木口のことを「社長の息子」とは言わなかった。

自分も木口のように強い心を持てればな、と胸の内で息を吐いた。

その時、ふとあるものが目に止まり、燎は「あっ」と声を上げた。

「？　何です、突然大声を出されて」

「……別に？　……そうだ。お前、そろそろ帰ったらどうだ？」

壁にかけられた、二十三時五分前を示す時計から目を逸《そ》らし、燎はいきなりそう言った。

「確か、明日から社長の付き添いで海外出張に行くんだろ？　だったら、すぐ帰って……」

「ええ、そうしたいのは山々なんですが、急ぎの案件が入ってしまって、先方の連絡待ちなんです。柊《ひいらぎ》を待機させておりますので、何かあればすぐ……」

「……柊を？」

「何か問題でも？」

「いや、ただ……あいつに留守番なんてできるのかと思って。あいつ……あんなだし」

社長第一秘書である木口には、すぐ社長の呼び出しに応じられるよう、社長室の隣に専用の部屋が宛《あて》がわれている。

そこに、木口と二人で席を置いているのが、木口の唯一直属の部下である柊宗一郎《そういちろう》だ。

恐ろしく人使いが荒く、気難しい木口の下で文句一つ言わず、与えられた仕事を一つ一つ丁寧にこなしていく、とても真面目で我慢強い男だ。

容姿もなかなかに恵まれている。百八十を優に超える長身と、スーツの映えるがっしりとした体軀《たいく》。少し頰《ほお》の瘦《こ》けた、シャープなラインの輪郭に収まった、眦《まなじり》の切れ上がった鋭い目が印象的な顔も精悍《せいかん》で男らしく、本来なら女が放ってはおかない男前だ。

だが、柊は皆から敬遠されている。その原因は、彼の絶望的な無愛想さにあった。

まず、彼には表情というものがない。愛想笑いを浮かべることもなければ、不快げに眉を顰《ひそ》めることもしない。誰に何をされても無反応、無表情を決め込む。そのため、非常にとっつきづらく、近寄りがたい雰囲気を醸し出している。おまけに——。

「全然喋《しゃべ》らないあいつじゃ、電話番だってできねぇだろ」

「喋らないって……まさか。確かに無口ですが、言うべきことはちゃんと言います」

分かっている。会社勤めをしていて、喋らないなんてわけがない。

 だが、週に二、三度のペースで木口の部屋に通い、顔を合わせているのに、一度も柊の声を聞いたことがないから、そう思わずにはいられない。

「あいつの電話番は結構評判がいいんですよ？　何でも、声がいいそうで」

「！　……声……って」

「何か？」

「……別に？　それより……やっぱ戻れよ。部下をこんな時間まで残業させておいて、上司が遊んでちゃ示しがつかないぞ」

強引に話を変えて、再度促す。そんな燎を木口はジロジロ見つめてきたが、ふと笑顔になったかと思うと立ち上がった。

「分かりました。では退散いたします。逢引《あいびき》の邪魔をしては野暮ですし」

「……は？」

「もうすぐ待ち合わせの時間なんでしょう？　丸分かりですよ」

にっこり笑ってそんなことを言う木口に、燎は「違う！」と力いっぱい即答した。

「逢引とか何のことだよっ。俺はただ、その……おいっ」

懸命に反論する燎を無視して、木口が出て行く。それに、燎はますます顔を顰《しか》めた。

（逢引なわけないだろ！　あいつが勝手に二十三時になったら来るだけだし、俺は……あいつなんか全然待ってねぇし）

胸の内で盛大に悪態を吐《つ》く。だが、心ではそう思いながらも、いつものように上着を脱ぎ、デスクに上体を突っ伏して、相手を迎える準備を整える。

そのまま目を閉じて、相手を待つ。けれど、相手はなかなかやって来ない。

薄目を開けて時計を見る。二十三時二十分……もしかして、今日は来ないのだろうか？

相手にも仕事があるのだから、毎回来られるわけがないと分かってはいるが――。

（どうせ来るんだろ？　だったら、早く来いよ。俺に風邪を引かせる気か）

シャツ一枚では肌寒くて、ぶるりと身体が震えた。その時、ドアの開く音が耳に届く。

入り口を盗み見る。音を立てないよう、静かにドアを閉める男の姿が見えた。

燎は慌てて目をつむり、狸寝入《たぬき》りを決め込んだ。

耳をそばだてて、相手の気配を窺《うかが》う。燎の鼓動よりも小さな足音が、ゆっくりと近づいてくる。そして、燎のすぐそばまで来たかと思うと、背中に何かをかけてきた。

そばに置いておいた上着だろう。燎の背中を覆うように、そっと……慎重にかけてくる。

その、繊細なガラス細工を扱うくらい馬鹿丁寧な所作に、燎は心の中で小さく笑った。

あの無愛想な男がこんなことをするなんて、誰が想像するだろうと。上着をかけてくる男……柊宗一郎のことを思った。

最初は単なる木口の部下という認識だった。しかし、木口の部屋に行くと柊が必ず出してくれるコーヒーが、実は燎の好みに合わせて、木口や律に出すモノとは別に買っているものだと気づいたのが二年前。

燎が忘れた資料をここまで届けに来たのをきっかけに、燎が資料室で残業すると必ず二十三時にやって来て、上着をかけてくれるようになったのが一年前。

そして、燎に肌が焼けそうなほど熱い視線を送ってくるようになったのが半年前。

絶対、自分に気があるのだと思う。

だが、一度も話しかけてきたことはないし、視線だって合わせてこようとしない。

恐ろしく意気地のない男だ。容姿はすごく男らしいくせに、見かけ倒しにも程がある。

（気があるなら、さっさと話しかけて来いよ。声も格好いいんだろ？　だったら……）

と、そこまで考えて、燎はムスッとした。自分には三年近くもったいぶっている声を、他の連中には惜しげもなく聞かせているなんて、面白くない。

(俺にだけ、もったいぶってんじゃねぇよ。けど……)

どんな声をしているのか猛烈に気になってきた。そしてその好奇心が燎の手を動かした。

「……っ!」

燎にいきなり手を掴《つか》まれた柊が、わずかに息を飲む気配がした。

しかし、声は出さない。それが面白くなくて、燎はさらに大胆な行動に出た。

寝惚《ねぼ》けた振りをしつつ、柊の手を自分の顔に引き寄せ、掌《てのひら》に頬を寄せたのだ。

握り締めた柊の手首が小刻みに震える。だが、やはり声は出さない。くそ、ホントに喋らない奴だと内心舌打ちしたが、突然頬に温《ぬく》もりを覚え、燎はドキリとした。

柊の手が、頬を撫《な》でてくる。指先は震え、躊躇《ためら》いがちではあったけれど、親指の腹で頬を撫でながら、他の指で顎《あご》のラインをなぞってくる。

その感触に、燎の心臓はどくんと大きな鼓動を打った。

(な、何だよ。……やっぱりお前、俺のこと滅茶苦茶好きなんじゃねぇか)

こんな噛みしめるような触り方、今まで誰にもされたことがない。

だが不意に、柊の指先が唇に触れてきたものだから、燎は思わず肩を震わせた。

唇で感じる指先の感触が、頬のそれよりもずっと鮮明で生々しかったからだ。

柊の指先もびくりと震える。次の瞬間、手首を掴んでいた燎の手を振り払い、逃げるように部屋から出て行ってしまった。

ドアの閉まる音を聞いて、燎はむくりと起き上がった。

「意気地なし」と小さく悪態を吐いたが、すぐ……自分は何をやっているのだろうと、いまだにドキドキして落ち着かない心臓を持て余しながら思った。

あんなにも無愛想で意気地なしで、もしかしたら童貞なのではないかと思うほどうぶな男のために、毎回寝た振りをしてやるだけでは飽き足らず、手を掴んで頬に触らせるなんて……今までの自分を思えば、信じられないことだ。

燎は女だけでなく、男からもやたらとモテる。

決して女のような顔をしているわけでも、ゲイが喜びそうな筋肉質な身体をしているわけでもない。身なりだって、ビジネスマンらしく清潔感を重視した着こなしを心がけている。

それなのに、「お前には妙な色気がある」「たまらない」と言って、熱烈に口説《くど》かれる。

同性愛に偏見はない。だが、彼らが向けてくる、まるでメスを見るような目が、ノーマルである燎には生理的にどうしても受けつけられなくて、ことごとく拒絶してきた。

それなのに、あの男には自分から手を伸ばした。

あの男と、今まで言い寄ってきた男たち。一体何が違うのだろう？　打算と下心にまみれた好意ばかり向けられているから、こんなにもうぶな好意が物珍しいとか？

自分で自分が分からない。だが……もう絶対、自分からは何もしない。自分は断じてゲイではないし、口説くどころか、目だって合わせてこないような意気地なしなんかに、こちらから近づいてなどやるものか。

（俺は別に……あいつと仲良くなりたいとか、全然思ってねぇし！）

胸の内で声高《こわだか》に叫んで、仕事を再開させる。しかし、先ほど柊に触れられた頬や唇が妙に気になって、まるで仕事にならなかった。

結局、それから十分もしないうちに、燎は仕事を切り上げた。

（くそ……今日眠れなかったらあいつのせいだ）

柊に触れられた唇を触りながら、足早に人気《ひとけ》のない廊下を歩く。だが、いくらも行かないうちに、燎はふと立ち止まった。どこからか、聞き覚えのある男の声が聞こえてきたからだ。

（この声……紺野《こんの》さんか？）

何の気なしに声がするほうに足を向ける。すると案の定、休憩所の自販機の前で、紺野がスマホで誰かと話しているのが見えた。

紺野は燎と同じ企画課に所属する、三つ年上の同僚だ。大変優秀な男で将来を有望視されていたが、先日ここより大手の企業からヘッドハンティングされ、明日ここを退職する。

それを、燎は少し寂しく思っていた。親しくはないが、紺野は成績トップの座を争ってきた好敵手で、彼がいたからこそ、自分はよりいっそう仕事に打ち込めたと思うから。

紺野がいなくなっても、変わらず気を引き締めていかなければ。

自分にそう言い聞かせ、燎はその場を去ろうとした。だが、

「……ホントにね、多岐川燎を選ばなくて正解でしたよ」

突如聞こえてきた自分の名前に、足が止まった。

「あいつほど見かけ倒しな奴はいないですよ。企画書は全部父親に作ってもらっているくせに、さも自分が作ったかのように振る舞って……みっともないったらない」

（……紺野、さん？　一体……何、言って……）

「同僚たちも辟易《へきえき》してます。父親の威光以外何の取り柄もないくせに威張りくさって。けど僕は違いますよ。多岐川じゃなくて僕を選んで正解だったとすぐ証明してみせま……っ！」

饒舌《じょうぜつ》に話していた紺野が息を飲んだ。その場に呆然《ぼうぜん》と立ち尽くす燎と目が合ったからだ。

紺野の顔がみるみる青ざめていく。だが、すぐはっとしたように身体を震わせ、通話相手に応える。

「はい……いえ！　何でも……と、とにかく、明後日からよろしくお願いします」

その言葉で、燎は今の通話相手が、紺野の転職先であることを理解した。

（この人……俺の悪口吹き込んで、自分を売り込んだのか？　俺が親父に企画書作ってもら

ってるとか……デタラメ言って！）

腸《はらわた》が煮えくり返る思いがした。自分は、紺野のことを切磋琢磨《せっさたくま》するに値する好敵手だと思っていたのに！

とはいえ、すぐ……何をガキみたいなことを考えている、と内心自嘲《じちょう》した。

何かを利用して自分を売り込む。立派な交渉術だ。それに、自分は紺野が転職する会社に行きたかったわけでも、紺野と親しくしていたわけでもない。

だったら、これは裏切りでも何でもない。自分が勝手に、紺野に好敵手としての好意を抱《いだ》き、勝手に傷ついた。それだけのことだ。紺野を責める道理はない。

「……多岐川。これは……」

電話を終えた紺野が、ひどく狼狽《ろうばい》した様子で話しかけてきた。いつものクールで、余裕に満ちた風情は欠片《かけら》もない。

何をそんなに怖がっているのだろう。まさか、このことを同僚たちに暴露されるのではと危惧《きぐ》しているとか？　……ずいぶん舐《な》められたものだ。誰がそんな幼稚な真似をするか。

「紺野さん、こんな遅くまでお疲れ様です」

先ほどの電話の言い訳を口にしようとする紺野を遮り、燎は深々と頭を下げた。

紺野の目が大きく見開かれる。そんな紺野ににっこりと笑いかけると、燎はそのまま足を踏み出し、紺野の横を通り過ぎた。

自分と紺野は同僚以外の何者でもない。だったら、これ以上言うことなんかない。

すっかり冷えてしまった心でそう思いながら、歩を進める。

「……なんだよ、それ」

だが、ふと耳に届いた掠《かす》れた声に、足が止まった。

「お前……俺を馬鹿にしてるのか？　お前を引き抜こうとした相手に、お前の悪口……あることないこと吹き込んで、自分を売り込んだ……そんなクズには、話をする価値もないって？

……ふざけるな……ふざけんじゃねぇよっ、畜生！」

がしゃんと大きな音があたりに響く。紺野が自販機横にあったゴミ箱を蹴飛《けと》ばしたのだ。

「お前に何が分かるっ？　……分かるわけないよな。何の苦労もせず、生まれながらに何もかも持ってるお前なんか、社長の……多岐川律の息子なんかに、凡人の俺の気持ちがっ！」

「……っ」

その悲痛な叫びに、ぎしりと心臓が軋《きし》んだ気がした。だが、燎は唇を噛みしめると、何も言わず再び歩き出した。

そして一度も振り返ることなく、必死に足を動かし続けた。

会社を出た後、燎は目に止まったバーにふらりと立ち寄った。

普通なら絶対に足を踏み入れないような、騒がしく下品な店だったが、どうでもよかった。すぐに酒が飲めればどうでも――。

「……くそっ」

きつめの酒を呷《あお》り、喉《のど》を焼きながら、燎は呻《うめ》くように吐き捨てた。

父の会社に就職すると決めた時から、社長令息という色眼鏡で見られることは覚悟していた。だが、さっきのような場面でさえ、「多岐川律の息子」としか呼んでもらえないなんて！

努力していい成績を残そうが、嫉妬《しっと》の目を向けられ詰《なじ》られようが、呼ばれる名前はいつだって「多岐川律の息子」。

（俺には……多岐川燎って名前があるんだぞっ）

酒はあまり強くないくせに、三杯目を注文しながら、胸の内で毒づいた。その時、

「やっぱり、多岐川君じゃないか」

背後から、男の声が聞こえてきた。振り返ると、どこかで見たような顔がある。はて、誰だったかと酔いの回り始めた頭で考えていると、男が詰め寄ってきた。

「偶然、君がこの店に入っていくのが見えて……君がこんな店に入るとは思えなかったが、念のためにと来てみたら……」

思い出した。上田《うえだ》専務だ。最近やたらと話しかけてくる。

この前、仕事で大きなミスをして、社内での立場が微妙になってしまったから、社長令息

を抱き込んでおこうという腹積もりなのだろう。

面倒なのに捕まった。美味《うま》くもない酒を流し込みながら思っていると、上田が馴《な》れ馴《な》れしく肩に手を置いてくる。

「君がこんな店にいてはいけない。君は多岐川社長の息子なんだから……」

「社長の息子？」

おもむろに驚きの声が上がる。見ると、隣で飲んでいた、いかにも頭の軽そうな若者たちが、不躾《ぶしつけ》にこちらをジロジロ見つめてきた。

「あんた社長の息子なのぉ？　へぇ、じゃあ俺たちに奢《おご》ってくれよ」

「そうそう。貧乏な僕たちに、パパのお金を恵んでおくれよ、社長令息様。アハハ」

煩《うるさ》い煩い……どいつもこいつも、社長の息子、社長の息子って……皆黙れ！

不味《まず》い酒で悪酔いしているせいか、紺野のことで気が立っているせいか。いつもは軽く受け流せている、上田の見え透いた優しい声や、酔っぱらいの下卑《げび》た嗤《わら》い声が、聞くに堪《た》えない雑音となって、燎の鼓膜を引っかき回す。

無遠慮に手首を摑まれた瞬間、燎の中で何かが切れた。

「多岐川君、ここを出よう。君がこんなところにいたら、会社のイメージダウンに……」

「……こんな、ところ？」

強引に腕を引く上田に燎は顔を上げた。そして、心底傷ついた表情を浮かべてみせて、

「酷《ひど》いです、専務。ここにいる皆、私の大事な友人だというのに、そんな言い方」

哀《かな》しげな声でそう言ってやった。

「専務って、見た目で人を判断なさる方だったんですね。なんか、がっかりだ」

「そ、そんなことないよ、多岐川君！」

せっかくの有効な駒《こま》を失ってたまるかとばかりに、上田が慌てて謝ってくる。

「私の配慮が足りなかった。すまない。別に、君の友人たちを貶《おとし》める気は……」

「そうですか？　じゃあ」

上田のその言葉を聞いたと同時に、燎は上田の胸ぐらを摑んだ。

「おいっ、この専務様がお前らを悪く言った詫《わ》びに奢ってくれるってよ」

感謝しな、と大声で言って、酔っぱらいたちに上田を押しやった。

酔っぱらいたちが、嬉々《きき》として上田にたかり始める。

好き勝手に高い酒を注文しまくる客たちに狼狽する上田を見て、燎は酷薄な笑みを浮かべると、やさぐれた心でこう思った。いい気味だ、ざまぁみろ、と。


翌朝、燎は最悪な気分で目を覚ました。

二日酔いでガンガン痛む頭は元より、酔っていたとはいえ、バーの客たちを使って上田をいじめ、気分を晴らそうとした自分が、今更ながら嫌になったのだ。

自己嫌悪で重く沈む心を引きずりながら出社し、昨夜のことから逃げるように仕事に没頭した。だが、終業時間間際、あるものを認めて思考が止まった。

紺野が、こちらに近づいてくる。

「多岐川、仕事中悪いが、ちょっといいか」

紺野は普段どおり、人好きのする笑みを浮かべて話しかけてきた。

「お前には世話になったな。今まで、本当にありがとう」

昨夜のことなどなかったように、何食わぬ顔で名残惜《なごりお》しそうに別れの挨拶《あいさつ》をしてくる。年下のライバルにも礼を欠かない立派な男だと、同僚たちに思われたいのだろうか。

とんでもなく見栄っ張りな男だ。だが、そんな紺野に笑顔で応える自分もまた、どうしようもない見栄っ張りだと内心自嘲した。とはいえ、握手を交わした刹那《せつな》、紺野が向けてきた敵意の眼差しに、沈んでいた心が一気に浮上した。

(なんだ、その目。今に見てろとでも言いたいのか？　……笑わせるな。誰がてめぇみたいな……俺の名前を呼ぼうともしなかった奴に負けるかよ)

頑張らなければ。今よりもっともっと頑張って……この男のいる会社に、自分の名声が轟《とどろ》くほどの仕事をして見返してやる。紺野の手を握り返しながら、燎は固く心に決めた。

しかし、同僚たちと紺野を見送った後、今夜も資料室に籠《こ》もろうと帰り支度をしていると、不意に肩を叩《たた》かれた。

「燎さん」

馴れ馴れしく声をかけられる。振り返ると、見知らぬ男が立っている。誰だろうと内心首を捻《ひね》っていると、男は恭《うやうや》しく頭を下げてこう言った。

「今日から、燎さんのお見送りをさせていただきます。どうぞ、よろしくお願いし……」

「待ってください」

思わず声を上げた。見送りとは何のことだ。尋ねると、男は説明してくれた。

何でも、昨夜燎が酷い目にあわせた上田が、今日の役員会で、燎はとんでもない不良だ何だと愚痴ったらしい。すると、素行の悪い燎には見張りをつけるべきだという声が多数上がったため、燎に目付役をつけることが決まったというのだ。

「社長も、それに賛成したんですか」

「ええ、あなたの素行は会社のイメージに直結しますからね。社長はそれを危惧されて……」

嘘《うそ》だな、と燎は即座に思った。

――お前が真面目過ぎて心配だよ。たまには息抜きに馬鹿やったっていいんだぞ?

仕事ばかりしている燎に常々そう言って笑う律が、そんなことを言うはずがない。

律が海外出張に出ているのをいいことに、役員連中が勝手に決めたに違いない。

「目付役なんて困ります。こちらにも都合というものがありますし」

丁重にお引き取り願った。だが、男は「仕事ですから」と言い張り、しつこくついてくる。

困った。こんなのがいては残業できない。言われたとおり家に帰ればいなくなってくれるのだろうが、こんな男を自宅に連れて行きたくない。

さてどうしたものだろうと困っていると、男はニヤニヤ笑いながら「大丈夫ですよ」と小声で話しかけてきた。

「そのように警戒されなくても、私はあなたの味方です。社長からたくさんお小遣いをもらってたら、そりゃぁ……ぱぁっと使いたくなりますよね。お気持ち、よく分かります」

息を詰める。この男、燎が律から金をもらい、その金で遊んでいると思っているのか。

「ただね、遊ぶならあなたに……社長令息にふさわしい遊びをなさったほうがいいと思うんですよ。ですから……」

その目は、燎を馬鹿な金持ちのボンボンと軽く見る侮蔑《ぶべつ》と、出世の駒に使ってやろうという打算の色に満ちていた。そんな目と、癇《かん》に障《さわ》る猫撫で声に対峙《たいじ》しているうち、上田に対して抱いたものと同種の感情が燎の中で渦巻き始める。

「……いいですね。じゃあ、今から一緒に遊びましょうか」

秀麗な顔に小綺麗な笑みを浮かべ、燎は相手にそう言ってやった。

自分を体《てい》のいい駒にしてやろうなどと考える馬鹿はどうなるか、徹底的に思い知らせてやるという胸の内を、おくびにも出さず。

バーのカウンターで一人酒を飲んでいる燎の隣に、木口が無遠慮に腰かけてきたのは、燎の元に目付役が来るようになって二週間後のことだった。

「帰国は、もう二週間先じゃなかったか？」

「どこかの問題児のせいで、私だけ早く帰国する羽目になったんです。せっかく、社長とヨーロッパ巡りを楽しんでいたのに……お土産はありませんからね」

「いらねぇよ。その代わり、あいつらを何とかしてくれ。ホント、次から次へと……」

迷惑だと言っても、目付役だからと言ってしつこくまとわりついてくるし、上田の時同様ここの客たちを使って「もうお前に関わるのはこりごりだ」と泣くまで痛い目にあわせて追い返しても、次の日にはまた新しい目付役がやって来て……キリがない。

うんざりしたように溜息《ためいき》を吐く燎に、木口も肩を落としてみせる。

「私もこの報告を受けた時は驚きました。まさか、あなたがこんなに人気者だったなんてね」

「……どういう意味だよ」

「目付役に志願する者が殺到しているそうです。あなたとお近づきになれる、またとないチャンスだからと……まぁ、あなたは馬鹿みたいにガードが堅いですからね」

私には可愛《かわい》いくらい無防備ですけど、と付け足し笑う木口に、燎は口をへの字に曲げた。ガードが堅いも何も、あんな連中に心を開くなんて絶対ごめんだ。

人を出世の道具や金づるとしか見てない、下心丸出しの態度が嫌だ。こんなお坊ちゃん、適当に媚《こ》びを売ってやれば簡単に手懐《てなず》けられると言わんばかりの安っぽい媚びにも、胸くそが悪くなる。おまけに、

「こういうお膳立《ぜんだ》てがなきゃ、声もかけられないような意気地なしは嫌いだ」

「……強引に迫られるのが好きだと？」

「馬鹿。誰がそんなこと言った」

なぜだろう。この時ふと、脳裏に柊の顔が過《よ》ぎった。

あの無愛想が強引に迫ってきたら……いや、ないない。あんな……手を握られたくらいで逃げ出すような超絶ヘタレに、そんな芸当ができるわけがない。

逃げ出す……そう、柊は逃げた。寝惚けた振りをして手を摑んで以来、資料室に来なくなってしまった。苦労して邪魔な目付役たちを巻いて、資料室にたどり着き、寒いのにわざわざ上着を脱いで、待ってやっているというのにだ。

（いい加減にしないと、もう狸寝入りしてやらないぞ！）

胸の内で腹立たしく思っていると、木口が「とにかく」と話を進める。

「こんな不毛なこと、いい加減やめませんか？　仕事にも支障が出て困るでしょう」

燎は深く頷《うなず》いた。目付役は仕事の邪魔になるし、手酷く追い払うことで悪い噂《うわさ》も立ち始めている。即刻やめたい。

「目付役希望の連中に言ってくれ。俺は品行方正ないい子だから、目付役はいらないって」

「駄目です。上田専務のことがあるのに、それでは角が立ちます。あなたが謝ってください。自分が悪かった。これからは心を入れ替えて精進すると……」

「はぁ？　なんでそうなるんだよ」

自分が謝る？　あんな連中に？

「そんなことしたら、俺があいつらに負けたみたいじゃないか。俺は絶対嫌だぞ」

燎がきっぱり言い切ると、木口は息を吐いた。

「やれやれ。そう言うと思いました。全く、筋金入りの見栄っ張りなんだから……では、こういうのはどうです？　次の目付役で最後にする」

「……最後？」

「実は、次の目付役は私が指名しました。社長直々の推薦ということにしてね。これなら、連中が目付役を送ってくることはもうない」

「それはそうだけど、代わりにお前が指名した目付役が張り付くんだろ？　それは……」

「勿論《もちろん》、今までどおりの扱いをなさって結構です。それで目付役が追い返されたら、社長があなたを改心させたということにします。その代わり、あなたが目付役に丸め込まれたら、素直に敗北を認め謝る。それで全部終わり。恨みっこなし。それなら文句ないでしょう？」

　確かに、それは魅力的な提案だ。しかし——。

「なんか……話が上手《うま》過ぎないか？」

　言ってきているのは、この底意地の悪い男なのだ。きっと何かあるに違いない。

　燎が疑心に満ちた目で見やると、木口が満面の笑みを浮かべる。

「それは、今回の目付役は絶対、あなたに勝てるという自信があるからです」

　燎は目を丸くした。木口は普段絶対人を褒めたりしない。それだというのにこの言い草、一体どれだけ優秀な相手なのだろうと身構えたが、

「柊なら必ずや、あなたに勝てるはずだと……」

「柊っ？」

　予想だにしていなかった名前に、燎は思わず声を上げた。

「それって……あの柊か？　無愛想で全然喋らない、あの」

「ええ。ぜひあなたの目付役にと志願してきましたので」

「志願っ？　あいつがっ？　……そんな……そんなわけない。だって、あいつは」

「そう、いつもはこんなこと言わないんですけどね。……まぁ怒ったんじゃないですか？あなたが電話番もできない能なしだとこき下ろしていたと話したら、固まってましたから」

　さらりとそんなことを言う木口に、燎は目を剝《む》いた。

「お前！　そんなことあいつに言ったのかっ」

あれは違う。木口を早く資料室から追い出したくて言っただけなのだ。

能なしだなんて思っていない。確かに、社会人にしてあの無愛想さはどうなんだと思うが、気分屋で人使いの荒い木口の命令を黙々と丁寧にこなしていく仕事ぶりは、とても実直で清《すが》清《すが》しいといつも思っている。それなのに……！

「部下にそんなこと言うなんて、どういう神経してんだよ」

「口止めされませんでしたので」

全く悪びれない木口に、燎は腹が立った。全く、そんなだから辛辣《しんらつ》腹黒眼鏡と皆から嫌われるのだ。と、憎々しく思ったが、思考はすぐ柊のほうに向かう。

目付役を志願しただなんて、どういうつもりだろう。木口が言うように、能なし呼ばわりされて怒ったから？　ぐるぐる考える。だが、すぐにやめた。

考えてみれば、自分はあの男について何も知らない。性格も価値観も、そして声さえも。だったら、考えるだけ無駄というものだ。それなら――。

「……分かった。その提案、受けてやる」

いい機会だ。こうなったら、あの男がどんな男なのか、徹底的に暴いてやる。

そんな燎の内心を知ってか知らずか、木口は意味ありげな笑みを浮かべると「では、早速柊を呼びます」とスマホを取り出した。

柊にバーまで来るよう連絡を入れた後、木口は所用があると言って帰っていった。

燎が一人になると、すかさず遠巻きで見ていた男たちが燎の元に寄ってきた。目付役たちにたからせた、このバーの常連たちだ。

「おい、また新しいカモが来るのか？」

「金持ってそうな奴か？　いくらぐらい搾り取れる？」

目を爛々《らんらん》と輝かせ、矢継ぎ早に質問してくる。それに素知らぬ顔で答えたが、内心……彼らの異様な目の輝きに、燎は薄ら寒いものを覚えた。

単なる遊びと割り切っていたはずなのに、目付役たちにたかることにすっかり味をしめて、本気になりかけている。

一応、彼らが暴走した時のために、いくつか予防線を張ってはいるが……潮時だ。これ以上はまずい。

明日からはもう来ないほうがいいだろうと、燎が密《ひそ》かに考えを巡らせていた時だ。入り口のドアが開き、見覚えのある長身の男が店内に入ってくるのが見えた。

本当に来た。そのことに改めて驚いていると、男たちが柊をこっそり指差した。

「おい、今日の奴はあいつか？　あんまり金持ってそうにねぇな」

「けど、腕っ節は強そうだぜ？　なぁ、今日はどう攻めるんだ？」

「うん？　そうだな……おいっ」

燎はおもむろに、そばの席で飲んでいた、いかにも軽そうな女性客二人に声をかけた。

「童貞の男前って興味ないか？」

「アハハ、なにそれぇ！」

女たちが興味津々《しんしん》といったように、こちらに寄ってきた。そんな彼女たちに柊を指し示し、三十分程度、個室で遊んでやってほしいと指示を出した。すると皆、驚いた表情を見せる。

「え～！　あの人童貞なの？　信じらんない、あんなに格好いいのに」

「そうだろ？　見かけ倒しもいいとこだ。けど、すごくうぶなんだ。優しくしてやってくれ」

そう言うと、女たちは意地の悪い笑みを浮かべ「任せて」と快諾し、柊の元へ走り寄っていった。その様子を、燎は歪《ゆが》んだ笑みを浮かべて見守る。

あんな、手を握られただけで逃げだすような意気地なし、初対面の女たちに囲まれてちやほやされたら、平静を装ってなどいられないはず。

（……まずは、お前の慌てた顔を見せてくれよ）

やっと、あの男の無表情以外の表情が見られる。声が聞ける。そう思ったら、今まで味気なかった酒が、少し美味く感じられた。

だが、その三十分後。意気揚々と個室に向かったのだが、部屋から聞こえてきた声に、燎は思わず足を止めた。

『……ねぇ、お願い。今夜一晩だけでもいいの』

いやに切実な、女の声。

『こんな気持ち初めてなの。たくさん頑張るから……ねぇ』

『待ってよ！　この人はあたしと遊ぶの。ねぇ、この子より気持ちよくしてあげるから』

あまりにも熱烈なその言葉に、燎はノックも忘れてドアを開けた。

目を見張る。先ほどまで「格好いい童貞君をからかえるなんて楽しみ」とはしゃいでいた女たちが、ソファに座っている男の足に取り縋《すが》っていたからだ。

（一体……何が、どうなってる）

必死に媚態《びたい》を打ちながら、男の足に縋る女たちを見つめ、呆気《あっけ》に取られた時だ。

「ご用は、もうよろしいのですか」

突如、鼓膜を震わせた重低音にびくりと肩が震えた。

顔を上げ、息を飲む。目が合ったのだ。射貫くように見据えてくる、ひどく鋭利な眼光と。

そのあまりに強い目力《めぢから》に、燎はぎこちなく喉《のど》を鳴らした。遠くからその目を見たことは数え切れないほどある。だが、まさか……視線が合わさるとこんなにも印象が変わるなんて。

「突然押しかけました無礼をお詫びいたします。本日より目付役を務めさせていただきます、柊宗一郎と申します」

また、先ほどの低音が鼓膜を震わせる。低いがよく通る、艶やかな声。

(こいつ……こんな目……こんな声……してたんだ)

あれこれ思い描いていた以上の強い視線と美声に驚いて、とっさに何も言えなかった。

「何か？」

「……いえ。こちらこそ、お待たせしてしまって申し訳ありません」

怪訝《けげん》そうな呼びかけに我に返った燎は、素知らぬ顔で笑顔を作り、会釈を返した。

しかしすぐ、何だか面白くないなと思った。視線を合わせることも、声を聞くこともできたけれど、何だかこう――。

(もうちょっと、動揺とか……してもいいだろ？)

自分は少し緊張していたのに、と内心思っていると、おもむろに「えーもう時間なの？」と不満げな声が上がった。見ると、女たちが不服そうにこちらを見つめている。

「ねぇ、お願い。三十分なんて言わないで、今夜一晩彼を貸してよ」

「え？　けど……この人は……」

「大丈夫。彼だってすごく乗り気よ？　ねぇ、柊さん」

真剣な顔で燎にせっつきながら、女たちが柊に同意を求める。すると、

「何にですか」

真顔で首を傾《かし》げる柊。

一瞬、部屋がしんと静まりかえる。だが、すぐに女たちがからからから笑い出して、「やだぁ、柊さん」と柊にしなだれかかる。

「あたしたちに言わせたくて、わざと惚《とぼ》けてるの？」

「意地悪なんだからぁ」

（……そ、そうか？）

燎はまじまじと柊を見た。相変わらずの無表情だが、意地悪く惚けているようには見えないのだが……と、思っている間に、女たちはいよいよ大胆に媚び始める。

「ここまであたしたちを本気にさせたんだから、責任を取って」

豊満な胸を惜しげもなく柊の腕に押しつけ、懇願する。それに対して、柊は――。

「……責任？」

またも真顔で首を傾げる。それを見て確信する。この男、今の状況を分かってない！

（無自覚で、ここまで女を誑《たら》し込んだのか……）

どうやったらそんな器用なことができるのか。謎過ぎる、と呆《あき》れていると、

「私に何か落ち度があったのなら、謹んで責任を取らせていただきます」

柊が女たちに向き直り、そう言って頭を下げるので燎は仰天した。

「ホントォ！　嬉《うれ》しい！　じゃぁねぇ……」

「ま、待て！」

黄色い悲鳴を上げながら柊に抱きつく女たちを、慌てて柊から引き剝《は》がす。

「ちょっと！　あなたは、責任を取るというのがどういう意味か分かってるんですか」

「いえ。しかし、あなたの大事なご友人に、不快な思いをさせたままというのは」

どこまでも真《ま》っ直《す》ぐな眼差しで、生真面目にそんなことを言ってくる。

「ご友人なわけないでしょう！　この女たちは……わっ」

小声で柊に説明しようとしたが、後ろから思い切り女たちに突き飛ばされる。

「ちょっと邪魔しないでよ。柊さんがいいって言ってるんだからいいじゃない」

「いや、その……待ってくれ！　こいつはそういう意味で言ったんじゃ……」

女たちを宥《なだ》めようとした時、どこからか聞き慣れない電子音が部屋に響いた。

「失礼」と柊がポケットから携帯を取り出す。それを見て、燎はすぐさま電話に出るよう勧めた。とりあえず、今はこの男を部屋から出そう。でないと、話がややこしくなる。

「仕事の電話でしょう？　ほら、私は待ってますから、早く出て。今すぐ！」

柊は渋ったが、燎が再度強く勧めると、頭を下げて部屋を出て行った。

燎は深い溜息を吐いた。あの男、一体何なのだ。短時間で女を骨抜きにしたかと思えば、天然極まりないセリフを連発して……。

とりあえず、どんな言葉で落としたのか気になって、女たちに尋ねてみた。

「え～そんな……言えない！　もったいなくて」

真っ赤になった顔を両手で押さえ、口々にそんなことを言う。

本当に、どうやってここまで誑し込んだのか。燎が本気で首を捻《ひね》っていると、

『お願い！　今夜一晩だけでいいから！』

どこかで聞いたようなセリフが聞こえてきた。まさか、と慌てて外に出てみると、若い男三人が柊に言い寄っているのが見えて、燎は口をあんぐりさせた。

ほんのちょっと目を離しただけなのに、なぜあんなことになっているのだ。

「もしかして、あんた……男は駄目な人？」

「いえ。性別で人を判断するようなことはいたしません」

大真面目な顔で柊がそう答えると、男たちが歓声を上げる。

「よかったぁ、じゃあこれから俺たちと遊ぼう？」

「あんたがいいなら、4Pでやりたいなぁ。そういうの抵抗ある？」

「よんぴー……？」

やっぱり首を傾げる柊に燎は青ざめる。駄目だ。あの男、話についていけてない！

燎は急いで柊と男たちの間に割って入った。

「おい！　何やってる」

「はい。この方が落し物をされまして、拾って差し上げたら、ぜひ礼をとおっしゃられて……ただハンカチを拾っただけですのに、義理がたい方々です」

その回答に軽く眩暈《めまい》を覚えた。もう間違いない。この男、恐ろしくド天然だ。

「それどう考えてもナンパだろっ。つか、なんでそんな古典的な手に気づかない……」

「えー何？　あんた、この人の連れ？　格好いい」

燎を見て、男たちが色めき立つ。

「あんたも一緒にどう？　オレ、あんたとこの人で二輪差しされたい……あ」

抱きついてくる男たちを振り払い、燎は柊を引っ張ってその場から逃げ出した。

「どこへ行かれるのですか」

「店を出るんだよ！　このままここにいたら、お前が喰《く》われ……っ！」

突然、柊が燎の手を振り払った。そして、追いかけてくる男たちの元へ、スタスタ歩いていくのでぎょっとした。まさか、あの男たちにお持ち帰りされる気なのか？

だが、柊は「戻ってきてくれたんだ」と喜ぶ男たちを素通りした。ついでに、先ほどの女たちも素通りし、置いてあった燎の荷物を拾い上げ、「お忘れです」と真顔で差し示してくる。

そんな柊に燎は絶句したが、すぐ舌打ちすると、柊に駆け寄り手を取って再び走り出した。

「お前っ、一体何やってんだ。女も男も誑し込んで！」

呆れ過ぎて思わずタメ口で叱ったが、柊は憮然《ぶぜん》とこう答える。

「そのようなことはしておりません。ただ話を合わせただけです」

「ただ合わせただけであんなことになるかっ」

頭が痛くなってきた。この天然男には、何か特殊なフェロモンでも出ているのだろうか。

ろくに喋れもしないのに、どこへ行っても皆色気づいて！

まぁ、かくいう自分も、話したこともなければ目だって合わせたこともなかったこの男が、二年近く気になってしょうがなかったわけだが……いや！　今はそんなことどうでもいい。

一刻も早く、この危なっかしい男をここから連れ出さなくては。

「それで、今度はどこのお店に行かれるのですか？」

「家に帰るんだよ！　お前がうっかり誰かに喰われる前になっ」

半ばやけくそになって言ってやった。が、柊は無表情で「結構です」と頷くばかりだった。


（……おかしい。絶対……色々おかしい！）

自宅に向かうタクシーの中で、燎は今の状況に首を捻った。

柊は燎の夜遊びをやめさせるためにやって来た目付役……いわば、燎の保護者のはずだ。

それなのに、なぜ燎が柊にたかる悪い虫を追い払い、かつ、柊を安全に帰すために、自宅に帰ってやっているのか。どう考えてもおかしい。

などと考えあぐねている間に、タクシーは家に着いた。

燎の家は、とある高級住宅街に建てられた一戸建てだった。

無論、律が建てた家で、ここで律と弟の三人で暮らしている。二十五にもなって親と同居なんて恥ずかしい話だが、会社から近かったり何だり色々都合がいいのと、「お前がいなきゃ寂しい。行かないで！」と律が泣きついてくるので、今日まで居座り続けている。

タクシーから降りた時、二階の部屋に灯《つ》りが点いているのが見えた。弟の響《きょう》の部屋だ。そう言えば、論文か何かの締め切りが迫っていて大変だと言っていたっけ。

なら、今日散々な目に遭った八つ当たりができないなと思いながら振り返り、目を見張った。柊もタクシーから降りて、タクシーを返してしまっていたからだ。

「おい。なんでお前も降りるんだよ。こうして帰ってやったんだから、もう用はないだろ」

だが、柊は黙ったまま動かない。

「そうか、そんなに俺が信用できないのか。だったら、どうぞ。勝手にしろ」

言い捨て家に入ると、柊も家の中に入ってきた。よく見ると、その手には燎の鞄《かばん》がある。

「ああ、そういやそれ持たせてたな。じゃあついでだ。部屋まで運んでくれよ」

わざと嫌みたらしく言って、自分の部屋へと向かう。

柊が「失礼します」と無感情な声で会釈し、ついて来る。

その、依然として取り続けられる慇懃《いんぎん》無礼な態度に、燎はムッと来た。

男にも女にもキャーキャー騒がれ、燎を散々あたふたさせておきながら、自分は顔色一つ変えず、取り澄まして……本当に何なのだ！

（俺一人馬鹿みたいじゃないか。……つか、そもそも）

自分とこうして話せて、この男は何も思わないのだろうか。燎が柊の行動に気づく前も含めれば、三年間もあえて話さなかった……いや、話せなかったくせに。

（まぁ、俺に逢《あ》うために、不慣れな場所まで来たことだけは……認めてやってもいいけどさ）

などと思いながら、燎は自分の部屋に入った。

「一つ、お訊《き》きしてもよろしいでしょうか」

おもむろに、柊が口を開く。今度は何だと、溜息交じりに振り返ったのだが、

「いつまで、このようなくだらないことをお続けになるつもりですか」

突然そんなことを聞いてきたものだから、思わず目を見開いた。すると、柊が相変わらずのポーカーフェイスのまま、わずかに首を傾げてみせる。

「もしかして、それさえ分かっていらっしゃらない？」

そのあまりに不躾な言葉に呆気に取られたが、すぐ……強烈な不快感が身体に走った。

先ほどまで散々手を焼かせておいて、そんなことを言う無神経さに腹が立ったのか。頭を抱えたくなるような天然男に馬鹿にされたのが、ムカついたのか。

理由はよく分からないが、とにかく無性に腹が立って、

「ああ……お前に言われなくても、分かってるよっ、それくらい！」

思わず、声を荒げてしまった。

「俺にこんなことさせてるのはお前らだろう。こっちは仕事に打ち込みたいのに、うっとうしくまとわりついて来やがって。俺の迷惑も考え……」

「だったら、さっさと謝ればいい。そうすれば、もう誰も来ない」

「！　何で俺が謝らなきゃならない？　俺は何も悪く……」

「ごろつき連中をけしかけて嬲《なぶ》るのが、悪いことではないと？」

すかさず、柊が切り返す。

「あなたは悪いことをしているんです。彼らがどんな無礼をあなたに働いたにしろ、そのようなことをしていい道理はない」

「それは……揚げ足取る気か、てめ……っ！」

改めて柊を睨みつけ、燎ははっとした。

柊が真っ直ぐこちらを見下ろしている。その顔は完璧なまでの無表情だ。こちらがこんなに声を荒げているのに。そう思うと余計に腹が立って、さらに口を開こうとした時だ。

「……全く」

機械音のような口調とはうって変わった、吐き捨てるような呟《つぶや》きが鼓膜を震わせた。

「ガキだな」

それまで一ミリとして動かなかった能面が崩れて、

「……な、に」

「ガキだって言ったんだよ」

眉間《みけん》に皺《しわ》の寄った仏頂面《ぶっちょうづら》が見下してきた。

「仲間が俺に色目を使った程度でキレる、上手くことが運ばないとくだらない言い訳ばかり……いや、そもそも……会社の専務にあんなことをしておいて、許されると思っている時点で、どうしようもなく甘ったれたクソガキだ」

「な……っ」

なんだ、この変わり様は。この男、二重人格か何かか？

突然の豹変《ひょうへん》ぶりに呆気に取られる。しかし、その間も柊は喋り続ける。

「なんでお前にクズが寄ってくるか、教えてやろうか？　お前が隙《すき》だらけの馬鹿だからだよ。ああ、この程度なら簡単に手懐けられる。そう、誰からも舐められるぐらいにな」

せせら笑うように、けれど容赦なく吐き捨てられる。

そのあまりの言いようにカッとなって、燎は思わず柊に詰め寄った。

「お前……さっきから聞いてりゃいい気になりやがって！　一体何様の……っ」

凄《すご》んだ瞬間、視界が急に反転した。柊が、燎の足を払ったのだ。

体勢が崩れ、そのまま後方のベッドに倒れ込んでしまう。そこへ、柊がすかさず乗り上げてくると、燎の喉元を鷲掴《わしづか》みにしてきた。

燎は柊の手から逃れようと暴れたが、喉を締め上げられているせいか、上手く力が入らない。その上――。

「……っ！」

もう片方の掌で腰を撫であげられた燎は、びくりと腰を震わせた。驚いて柊を見上げると、柊は嘲《あざけ》るように口角をつり上げた。

「何驚いてる？　……まぁ、そうだな。ろくに話したこともない男を、こんなにも簡単に部屋に入れる馬鹿なんだ。まさか……」

「……ぁっ」

「こんなことをされるだなんて、夢にも思わなかったんだよな？」

シャツ越しに身体を無遠慮にまさぐられる。燎は身を捩《よじ》って逃げようとしたが、手はどこまでも追いかけてくる。そのうち、乳首を探り当てられたかと思うと、思い切りつねられた。

「いっ……ぁ、あっ」

「おい……何だよ？　その声」

もがく燎の耳元に唇を寄せ、柊が囁《ささや》く。先ほどまでの馬鹿丁寧な口調の時と違い、その重低音はわずかに語尾が掠れて、妙に艶があった。その、どこか甘さまで感じさせる低音は、

「感じたのか？」

燎の肌ではなく、細胞全部を震わせるように響いてくる。

「ち、ちが……いた……っ……ぃ……ああっ」

首を振り否定しようとすると、咎《とが》めるようにいよいよ強く乳首をつねられる。

容赦ない刺激と息苦しさで視界が霞《かす》む。自分を見下ろす柊の顔もよく見えない。

「……そうだ。違うんだよな? 電話番もできない能なしに組み敷かれて、乳首弄《いじ》られて……感じるわけないよな?」

そう言った声は、どこか暗い色を帯びていた。だが、燎にはそれどころではなくて、乳首を痛いほどつねられ、もがいていると、柊が顔を覗《のぞ》きこんできた。

「いっ……いた……や、め……ぁっ!」

「これで分かったか? 坊や」

歪んだ視界に柊の瞳が近づいてくる。肉食獣のように野蛮な目をギラギラさせて……こんな目は見たことがない。こんな、内部を容赦なくまさぐるような瞳は。

「お前は、男に簡単にねじ伏せられて、いいように弄《もてあそ》ばれる……弱いメスなんだよ。だから、今のようなことを続けていれば、必ずこんな日が来る。……いいのか?」

ココを犯されるんだぞ。そんな言葉とともに股間《こかん》を軽く膝《ひざ》で蹴られて、腰が跳ねた。

「い…やだっ……手……はな、せ……ぁ、あっ」

「だったら。こんなおいた、すぐにやめろ」

強い口調で命令される。燎が何も答えずにいると、再び耳に唇を押しつけられる。

「お前が夜遊びをやめるまで、毎晩来るからな」

濃厚な毒のように、甘く囁かれる。

「また……今日みたいなことしてみろ？　その時は……」

この続きをするからな。その吐息は、ほとんど愛撫《あいぶ》に近かった。

「これ以上おいたができないように、この身体に教え込んでやるよ」

忘れるな。そんな囁きを肌に染み込ませて、燎の耳をべろりと舐める。それだけで、燎の身体は電流を流されたように震えた。それに、柊は軽く鼻で嗤って、燎から手を離した。

突然摂取された酸素にむせて、燎はのたうつように身体を捩らせた。

胸が苦しい。呼吸するのも辛《つら》い。身体の何もかもが借り物のようにぎこちなく悲鳴を上げた。

それを押さえ込むように、まず呼吸することに専念した。今、初めて呼吸することを覚えたように、ゆっくり深く空気を吸い込んで吐いて……。

それを繰り返し、なんとか身体を落ち着けてあたりを見回す。

見慣れた自分の部屋しか、そこにはなかった。あの男の姿はどこにもない。

「なんだ……」

歯軋りするように声が漏れた。

「なんだってんだ、あの野郎っ！」

「煩いな」

怒鳴ったと同時に声をかけられる。燎が全身を震わせ振り返ると、開いたドアから顔を出した響が、不機嫌そうにこちらを睨んでいた。

「人が一生懸命論文書いてるってのに。煩くするなって、朝言ったじゃないか」

「お、お前……いつからそこにいたっ？」

「ついさっきだけど。何？　何か見られてまずいことでもやってたの？」

「そ、そんなわけないだろっ」

力いっぱい否定したが、声は情けないくらい裏返ってしまった。

「ふーん。ところで、さっき来てた人が新しい目付役？」

「！　あ、あいつと話したのかっ？」

「すれ違い様会釈されただけ。けどすごいな。兄貴を連れて帰ってくるなんて。初めてだ」

「あんな奴を褒めるな！　俺にあんな……いや、なんでもないっ」

慌てて口を押さえる燎を、響はまじまじと見つめてきた。しかし、すぐに「まぁどうでもいいけど」とシャーペンを指先で回しながら、顔を引っこめた。

それを見て、燎はなんとか上手くごまかせたとほっと肩を撫で下ろしたが、

「そう言えば兄貴……顔、可愛いくらい真っ赤だよ」

弾《はじ》かれるように顔を上げる。だが、そこに響の姿はなく——。

人生最低の気分だ。柊に組み敷かれていいように弄ばれた挙げ句、弟にまで馬鹿にされた。

「くそっ！　どいつもこいつも……俺を馬鹿にしやがってっ」

手元にあった枕を壁にぶつけ、燎は怒鳴った。しかしすぐ、その場にへたり込んだ。

（あいつ、本当に……何なんだ）


翌朝、燎は寝不足でげっそりした顔を、無理矢理シャキッとさせて出社した。

いつもどおり、皆に愛想よく振る舞い、仕事もきっちり完璧にこなす。だが依然、頭の中はあの不可解な男のことでいっぱいだった。

柊のことは、ある程度把握できているつもりだった。

愛想は欠片もないが、とても真面目。気のある相手と目を合わせる度胸もない意気地なしだが、燎専用のコーヒーを買ったり、燎に上着をかけるために、毎晩夜遅くまで会社に居残る……健気《けなげ》で純朴で、うぶな男。それが、出会ってからこの三年間見続けて認識した柊宗一郎だ。

だから、とんでもない天然ぶりを見せつけられた時も驚きはしたが、想像の範囲内ではあったから、家にも連れて行った。それなのに、あの豹変……まるで、別人のようだった。

やはり二重人格……いや、それよりは、今までのが全部燎を油断させるための演技で、あれが柊の本性だったと考えるほうが現実的だ。

しかし、燎の家に上がり込むためだけに、三年間もそんなことをするのか？　ナンセンスだ。でも……と、考えれば考えるほど、こんがらがっていく。

「くそ。あいつ……マジで何なんだよ」

昼休み、休憩所の自販機でコーヒーを買いながら、そう独りごちる。すると、

「おや、もしかして恋のお悩み？」

「恋……？　ば、馬鹿！　何言ってんだ、誰があんな……っ！」

あまりに自然に話しかけられて普通に答えかけたが、燎はすぐにはっとし顔を上げた。

そこには、よく見知った男が、煙草《たばこ》を銜《くわ》えた唇に軽薄な笑みを浮かべて立っていた。

「いやぁ初々《ういうい》しいねぇ。そういう反応、最近は中学生だってしないぜ」

「煩い。誰が中学生だ。ってか、いきなり話しかけてくるなよ、楡《にれ》」

「え〜？　冷たいこと言うなよ。俺と坊ちゃんの仲じゃないか」

馴れ馴れしく頭をぽんぽん叩いてくる手を、容赦なく叩き落とす。

そんな燎を見て、「相変わらず感度よくて可愛い」などとほざいて笑うこの男は楡と言い、この休憩所で顔を合わせたら世間話をする顔見知りだ。

知り合う前は、絶対関わりたくない奴だと思っていた。

仕事はできるが救いようのない女好きで、四股五股は当たり前、人妻だろうが取引相手だろうが平気で手を出す、など数々の悪名を噂で聞いていたからだ。

けれど、その願い虚しく、楡とは最悪な形で知り合ってしまった。

あれは忘れもしない二年前、燎が資料室で残業しているとも知らず、この男は女と致し始めたのだ。しかも、途中で絶句している燎に気づいたくせに、愛想良く笑って会釈してみせると、そのまま最後までするのだから洒落《しゃれ》にならない。

挙げ句の果てに女が帰った後、楡が煙草を吹かしながら涼しい顔で放った第一声が、

――悪いな。あの女が3Pいける口なら、交ぜてやれたんだけど。

もう何から何まで最悪だった。

とはいえ、実際話してみると、楡は妙に憎めない男だった。

女性関係は滅茶苦茶だが、軽薄な言動とは裏腹に、人の心の機微に聡《さと》く、相手が心地よく思う距離感の摑み方が抜群に上手いため、一緒にいてもストレスを感じない。

それに、出世や金に興味がないせいか、燎を「多岐川律の息子」ではなく「多岐川燎」として接してくれるから、話しかけられるとついつい応えてしまうのだ。

「ってかさぁ、マジで優しくしてくれよ。俺今、室長に絞られた直後で落ち込んでんだ」

「……今度は何したんだよ」

あまり聞きたくないが、一応聞いてやる。

「なぁに、欲求不満だった取引先の社長夫人とちょっとな」

得意げに笑ってそんなことを言う楡に、燎は白い目を向けた。

「次から次へと……そんなにいいもんかな。女なんて」

「何？　坊ちゃん、その若さでもう枯れたのか？　可哀想《かわいそう》に」

「……いや、そういう意味じゃなくて……面倒だろ？　女と付き合うの」

そう言って、燎は思わず舌打ちしそうになった。確かに椧の言うとおり、枯れた考えだ。

昔はこんなふうに考えたことなどなかった。一分一秒でも多く一緒にいたいと思い、我《わ》が儘《まま》を言われると嬉しくて、それを叶《かな》える労力も苦にならず、恋愛が楽しくてしかたなかった。

だが、社会人になってからというもの、それがすっかり変わってしまった。

仕事に追われ、気持ちに余裕がなくなったせいなのか、今まで言ってもらえて嬉しかった我が儘が、どんどん辛くなっていった。

メールの返信が遅い。あれが欲しい。あそこへ行きたい。もっと構って。私のために時間を作って。挙げ句の果てには「私と仕事、どっちが大事なの？」と詰問される。

「多岐川律の息子」として、絶対負けられない立場にあることや、連勝記録を持続させるため、毎日夜遅くまで残業しなければならない都合も分かってくれと何度も言った。

だが、そう言うと、「だったら転職してよ。それなら私との時間が作れるでしょう」などと言ってくる。そんなことはできないと言えば、自分勝手だと詰られた。

――私のこと好きなら大事にしたいって思うはずよ。あなたは自分のことばっかり！

この言葉で、燎の心は完全に折れてしまった。

常に、何を犠牲にしてでも相手のことだけを最優先に考え、尽くし続けなければならないのが愛だというのなら、自分はいらない。金切り声で別れを宣言する相手を見てそう思った。そしてそれ以来、燎は恋愛に興味を抱けなくなり、彼女も作らなくなった。

(確かに枯れてるよな。……あ、そう言えば)

柊が燎専用にコーヒー豆を買ってくれていると気づいたのは、彼女と別れた翌日だった。大事にして、尽くして、と迫られ過ぎて疲れていた時に飲んだせいか。そのコーヒーは、やけに美味しく感じられて……と思っていると、楡が鼻で笑った。

「いいねぇ。俺も面倒だって思うくれぇ言い寄られてみてぇなぁ」

「お前はもうちょっと慎めよ。聞いてるぞ? 早瀬《はやせ》室長、お前のせいで胃薬が欠かせないって。倒れたらどうする気……っ! そう言えば、お前秘書課だったたっけ?」

「何だよ、いきなり。そうだけど、なに? 女秘書でも紹介して欲しいの?」

「柊……柊宗一郎のこと知ってるか」

少し前のめりになって尋ねる。すると、楡は「知ってるも何も」と紫煙を吹き出した。

「重宝してる。あいつは俺の大事な防波堤だからな」

「防波堤?」

「あいつさ、俺以上の問題児なんだよ。仕事はきちんとやるし、誰もやりたがらねぇ面倒臭《くせ》ぇ雑務とか、気難しい木口さんの相手とかも全部引き受けてくれて、そこは買いなんだが、それと同じくらい問題も多くって」

だからいつも柊を囮《おとり》にして室長から逃げているのだと笑う楡に、燎はさらに身を乗り出す。

「……それって、行く先々で男も女も色気づかせて困る、とか……」

「はぁ？　ハハ、あんな無愛想なド天然に落とされるアホなんてこの世にいるのか？」

爆笑された。

「天然……なのか？」

「ああ。この前も、前田《まえだ》部長の親父ギャグに、一々クソ真面目に受け答えして泣かせちまってよ。室長に怒られても、『どこに笑う要素があったのですか』って、真顔で質問して」

どうやら楡たちの前でも、柊は日頃燎に見せていたのと同じ態度を取っているようだ。では、昨夜のアレは何だったのだろう、と燎がますます首を捻った時だ。

「……ああでも、そういや一人、あいつに猛烈に迫ってたのがいたな」

「！　そんな奴がいるのか？」

「ああ、しかも男」

その言葉に、燎はドキリとした。

「半年くらい前かなぁ。秘書課の歓送迎会で飲んでたら、別の部屋からいきなり男が乱入してきてさ。柊見つけるなり押し倒して、ディープキスかましてきたんだよ」

「はぁっ？　何だ、それ。そいつ、どういうつもりで、そんな……っ」

「王様ゲーム」

ちびた煙草を携帯灰皿に入れながら、楡はさらりと言った。

「『気に入った奴にベロチューしろ』と命令されたって、呂律《ろれつ》の回らない口で……ありゃ相当酔ってたな」

(な、何だ……ただの酔っぱらいか……って!)

何をほっとしているのだ。燎が心の中で自分の反応に突っ込んでいると、

「けど、あの時のあいつの面ったらなかったな。普段は一ミリだって表情筋動かさねぇくせに、すげぇ間抜けた面してさ。もしかして、ファーストキスだったりして」

付け足されたその言葉に、燎は思わずムッと来た。

なぜその酔っぱらいに対しては、そんな可愛い反応をしてみせるのだ。

(昨日……俺には、あんなことしといて！)

しかも、「お前を手懐けるのなんて簡単」だの「お前は弱いメス」などという暴言まで浴びせてきて！　そう思ったら、今まで疑問で塗りつぶされていた怒りがふつふつと湧《わ》いてきた。

(このまま、やられっぱなしでたまるか)

燎は今夜も夜遊びに出ようと決めた。

本当は、あのバーにはもう行かないほうがいいと思うのだけれど、あの無愛想に一泡吹かせてやらなければ、腹の虫が治まらない。一回……あと一回くらいなら大丈夫のはずだ。

終業時間後、燎は柊が迎えに来る前に席を立った。

雑踏をすり抜け、バーに向かいながら、柊のことを考える。

言うことを聞かず夜遊びに出た自分に対し、あの男はどう出るだろう。

昨日のように、天然を装い油断させて襲いかかってくるか？　だが、自分はもう柊が客に言い寄られても助けないし、二人きりになる気もない。

隙は絶対見せない。その上で返り討ちにしてやる。そして、見てやるのだ。楡の言っていた、柊のものすごい間抜け面を！　とそこまで考えて、燎は唇を噛みしめた。

柊にキスした酔っぱらいは、ほとんど何の苦労もせず、柊に間抜け面をさせた。それに引き換え、自分はこんなにも必死になって……馬鹿みたいだ。

（俺のことは、あんな乱暴な扱いしといて！　……もしかして、その酔っぱらいが本命で……だから、慌てたとか……って！）

また！　自分は何を考えているのだ。

自分はただ、柊にやられっぱなしなのが癪《しゃく》なだけだ。酔っぱらいにキスされて柊が動揺したとか、どうでもいいだろう。と、自分に言い聞かせた。その時――。

「……んんっ？」

いきなり、口元を鷲掴みにされたかと思うと、背後から羽交い絞めにされた。声を出して暴れようとしたが、その刹那思い切り腹を殴られた。

「おい、やめろよ。骨とか折れたら面倒なことになる」

「とりあえず、場所を移すぞ。ここじゃ人目につく」

複数の男の声が聞こえる。そのどれもが聞いたことがある声で……どこだっただろうと思っている間に、身体をズルズルと引きずられ、暗い路地裏に連れ込まれてしまった。

口の中に布を押し込まれ、手も縛られる。必死で暴れたが、また二、三発腹を殴られたせいで、ろくな抵抗ができなかった。

「よぉ、社長令息様。気分はどうだ」

悪臭漂うゴミ捨て場に突き飛ばされたところで、頭の上から声が降りてきた。痛みで朦朧《もうろう》とする頭を上げてみると、こちらを覗き込む三人の男の姿が見えた。

目付役にけしかけた、バーの客たちだ。

「乱暴なことして悪いな。けど、こうでもしないと、あんた逃げだしそうだから」

「おい、なんでこんなことするんだって顔してるぜ。説明してやれよ」

一人がそう言って、ニヤニヤとせせら笑う。すると、話しかけられたもう一人がしゃがみ込み、燎の顔を覗きこんできた。

「実は、俺たち金に困っててさ。あんたにちょっと恵んで欲しいんだよねぇ」

何を馬鹿なこと言ってる。ふざけるな、と相手を睨みつけると、ますます嗤われた。

「そうだよねぇ、そういう顔すると思った。だから……っ」

「……っ！」

いきなり服に手をかけられ、燎はビクリとした。

「今から、あんたの裸を動画に撮るから」

「それをネットで流されたくなかったら、俺たちに恵んでくれよ」

男たちの手が伸びてくる。燎はそれに、死に物狂いで抵抗した。

そのたびに容赦なく蹴りが飛んできたが、構いはしなかった。いや、むしろ――。

（そうだ、もっと……もっと痛めつけてこいよ。そのほうが、お前らの罪が重くなる）

この人数相手では、いくら抵抗しても無駄だ。裸にされ、写真や動画を撮られるだろう。

だが、泣き寝入りする気など毛頭ない。解放されたら、その足で警察に駆け込み、暴行罪で訴えてやる。たとえ、動画をネットに流されても白《しら》を切り、もみ消してやる。

（逮捕されりゃ、お前らの人生は終わりだ。ざまぁみろ）

痛みに歯を食いしばりながら、そう思った。だが、ふと……燎は違和感を覚えた。

服を脱がせて動画を撮るだけなのに、なぜしきりに肌を触ってくる？　意味が分からなくて顔を上げたが、男たちの顔を見た瞬間、燎は息を飲んだ。

男たちが自分に向けてくる目の色に、覚えがあったからだ。

「……おい、なんか……こいつ、妙に色っぽくないか？」

「ああ……そうなんだよな。別に、女っぽいわけじゃねぇのに、なんかこう……」

「んんっ！」

暴かれた白い肌を撫で上げられて思わず身を捩ると、男たちの生唾《なまつば》を飲む気配がした。

「なぁ……ちょっと、犯《や》ってみねぇ？　なんか俺、こいつならいけそうな気がする」

「そ、そうだな。裸の動画よりそっちのほうが、全然脅しのネタになるよな」

ぎこちなくそう言い合う男たちに、燎は驚愕《きょうがく》した。

口ぶりから言って、この男たちはゲイではない。なのに、なぜ男の自分に欲情するのだ。

意味が分からず混乱している間に、下着ごとズボンを引き下ろされる。下肢を晒され、燎が羞恥《しゅうち》で顔を真っ赤に染めた途端、男たちの手が一斉に襲いかかってきた。

「ああ、マジでたまんねぇ！　何だよ、その面。それに、この肌……吸いついてくるぞ」

「乳首も……見ろよ。すごいエロい色してる」

生温かい手と舌で体中を無遠慮に嬲られ、全身が慄《おのの》いた。

気持ち悪い気持ち悪い……嫌だ嫌だ嫌だ！

強烈な嫌悪感と拒絶反応が全身を駆け廻る。そして――。

「うわっ！　こいつ、吐きやがった」

「タオル外せ。喉に詰まって死んじまう」

口いっぱいに押し込まれていたタオルを外される。

燎は勢いよく嘔吐《おうと》した。身体中をのたうち回る嫌悪感を全部吐き出すように。胃の中のものを全て吐き出し咽《む》せていると、肩を掴まれ仰向《あおむ》けに押し倒された。

「何だよ、俺たちが吐くほど嫌だってか？　ふざけんな」

「……いっ……あ、あ」

「そんな色っぽい顔して、そんな声出しといて。ホントはいいんだろ？」

股間に手を伸ばされ、扱《しご》かれる。だが、やはり気持ち悪いだけで下肢はまるで反応しない。

そんな燎に男たちは苛立《いらだ》った表情を浮かべたが、息づかいはどんどん荒くなっていく。

「ああっ。もう我慢できねぇっ」

いきなり身体をうつ伏せにされ、強引に尻《しり》を上向かされる。

「あんたが悪いんだ。俺たちを煽《あお》ってきたあんたが！」

そんな罵《ののし》りとともに尻を舐め上げられて、鳥肌が立った。……嫌だ。……怖い。

（た……たすけ、て……！）

男のくせに、誰も助けてくれないと分かってるくせに、心の中で思わず叫んだ。その時、

「ぐはっ！」

頭の上で、男の呻き声が上がったかと思うと、真横に何かが倒れてきた。見ると、そこには鼻から血を流した男の顔があった。

「な、何だ、お前……がはっ！」

また別の悲鳴が上がる。燎は上体を起こし、振り返って……目を瞠《みは》った。

柊が、地面に突っ伏している男たちを容赦なく蹴りつけていたからだ。

やめてくれ、助けてくれという懇願に一切聞く耳を持たず、何度も何度も……それこそ、殺す勢いで。しかも――。

「……ろしてやる。……殺してやるっ」

譫言《うわごと》のように、そう呟いているではないか。

「だ……めだ……駄目だっ！」

慌てて柊に駆け寄る。男に嬲られて怯《おび》えきった身体は上手く動いてくれなかったが、それでも必死に動かして、柊のそばに辿《たど》りつき、訴える。

「もういい！　もういいから、それ以上は……っ」

声の限りに叫んだ。だが、柊の動きは止まらない。怖いくらいに目を剝き、男たちを蹴り続ける。その常軌を逸した光景に燎は悪寒《おかん》を覚えたが、すぐ歯を食いしばり、男たちの前に身体を投げ出した。

瞬間、柊が息を飲み、動きを止めた。そんな柊に、燎は再度訴える。

「やめろっ！　これ以上やったら、死んじま……っ！」

燎は言葉の途中で息を詰めた。柊が突然摑みかかってきたからだ。乱暴に立たされ、燎が身を竦めていると、柊は燎を縛っていた紐《ひも》を解《ほど》き、脱がされていた衣服を着せ始めた。

その所作はひどく慌て、指先は滑稽《こっけい》なほどに震えている。

そのあまりの狼狽ぶりに燎が戸惑っていると、背後から遠ざかっていく足音が聞こえてきた。どうやら、男たちが逃げ出したらしい。

あんなふうに走れるのなら、命に別状はないだろうと内心ほっとしたが、すぐに……身体中の血液が凍るような恐怖に襲われた。

狂犬のように血走った視線と、至近距離でぶつかったからだ。

「あ、あの……わっ」

恐怖で身を震わせていると、背に何かかけられた。柊が着ていた黒いコートだ。柊はコートで燎の身体を隠すようにくるむと、燎の身体を抱き込み足早にその場を離れた。

その後、柊はタクシーを拾い、燎の家へと向かわせた。

家に向かう間、柊は一切喋らなかった。燎も、何も言わなかった。何を言うべきか、分からなかったから。

自分が悪いことをした。それは分かっている。だが、なぜ言いつけを破り、バーに行ったのかと問われたら、なんと答えればいい。

お前のポーカーフェイスを突き崩してやりたかったから……なんて、助けてくれた恩人に言えるわけがない。

けれど、ちゃんと謝らないといけないし、礼も言わなければならない。

一体、どう言えばいい？　男に襲われたショックと身体の痛みで鈍った頭で、必死に考え続けた。だが、燎の部屋に着いても答えが出なくて、燎は焦った。

このまま何も告げずに柊を帰すのは、いくら何でも失礼だ。とりあえず、助けてもらった礼くらいは言わなければ、と口を開きかけたが、それより早く柊が口を開いた。

「お前は馬鹿だ」

棘《とげ》のあるきつい声音《こわね》が、部屋に転がる。

「くだらない意地を張って、こんな目に遭《あ》うなんて」

「くだらないって……俺は……っ」

「俺を、馬鹿にしたかったんだろう？」

すかさず切って返された言葉に瞠目《どうもく》する。そんな燎を、柊がますますきつく睨む。

「無能だと馬鹿にしていた俺に忠告されたのが、我慢できなかったんだろう？　お前なんか、俺に弄ばれて馬鹿にされるべきなのにって……そう思ったんだろう」

違う。確かに、柊に一泡吹かせてやりたいと思った。だが、それは別に柊を見下していたからじゃなくて！　と言おうとしたが、

「最低だな」

「え……」

「見下して、馬鹿にしていた男に無様に助けられて、みっともないったらない」

嘲るように、吐き捨てられた。その瞬間、出かかっていた言葉が一気に引っ込んだ。

男たちに服を脱がされ、犯されそうになっていた自分を見て、柊は無様でみっともないと思った。そう思ったら、今ボロボロの格好をして突っ立っている自分が、どうしようもなく恥ずかしくて、居たたまれなくて――。

「……何？　それ……偉そうに、説教のつもりか？」

気がついたら、口が勝手に動き出した。

「馬鹿な社長令息様を助けてやった俺は偉いから……とか？　馬鹿じゃねぇの？　誰がお前に助けてくださいって頼んだよ？」

自分はみっともなくなんかない。無様じゃない！　そんな焦燥に突き動かされて、

「お前なんか……愛想笑い一つできない能なしなんかに、助けられるくらいなら……あのまま犯されたほうがましだった！」

そんな言葉を、口にしてしまっていた。柊が限界まで目を見開く。

「それ……本気で、言っているのか」

「そうだよ！　大体、レイプされるくらいなんだってんだ。女じゃあるまいし。それだって

のに、正義のヒーローぶって、偉そうに……お前こそみっともない……っ！」

怒りと焦りで我を忘れ、止まらなくなっていた口が、おもむろに塞《ふさ》がれる。

「……もう、黙れ」

柊の、唇で——。

「お…前……何、し……」

「やっぱり……吐いたのか」

口元にわずかについていた汚れを舐め、柊が掠れた声で呟いた。

「吐くほど嫌だったくせに、『レイプされるくらい』だなんて言ったのか」

唇を触れ合わせたまま、そんなことを言われたものだから、燎は羞恥で顔が真っ赤になった。そんな燎を見た途端、柊は露骨に顔を顰めた。

「お前は……お前って奴は……っ」

突然胸倉を摑まれたかと思うと、乱暴にベッドに押し倒された。

「いっ……おま……え、いきなり何す……っ！」

「昨日……俺が言ったこと、覚えているか」

ひどく近くで聞こえてきた声に顔を上げ、はっとした。

「約束どおり、昨日の続きをしてやるよ」

そんな囁きとともに肩を摑まれ、シーツに押さえつけられる。

瞬間……昨日、この男に組み伏せられた感触が蘇《よみがえ》った。

窒息してしまいそうなほどの息苦しさと眩暈。直接細胞の一つ一つに染み込ませるような、熱く野蛮な愛撫のような吐息。それらの記憶が電流のように駆け巡り、喉がひくついた。

「……や……嫌だっ！」

自分に跨《また》がる男をどかそうと必死で暴れた。だが、こんな体勢で、しかも柔らかなベッドの上では、何の効果も見せなかった。

「俺は男だぞっ！　分かって……いっ！」

叫んでいる間に両手首を一括《ひとくく》りに摑まれて、頭の上で縫い止められる。

「男？　何言ってる。昨日、教えてやったろう」

柊がきつく締めていた自分のネクタイを、荒々しく引き外した。

そのネクタイで、燎の手首を縛り上げる。

「お前はメスなんだよ。男をいたずらに煽って狂わせる、性質の悪いメス猫だ」

縛ったネクタイの端を口に銜え、締め上げて、ニヤリと嘲笑《あざわら》う。

「ちが……違うっ。俺は男で、ゲイでもねぇっ。絶対、メスなんかじゃ……ぐっ」

どう猛な笑みに恐怖を覚え、逃げようとしたが、縛られた手首が動かせない。ベッドの背もたれにでも縛り付けられてしまったらしい。

「よく言うな。さっき、『男に犯されるくらい』と、言ったくせに」

「！　あ、あれは……んっ」

「何でもないんだろう？」

無遠慮な手が、下肢へと伸ばされる。

「縛られて、犯されるくらい……お前にとってはどうってことないんだろう？」

股間を握り込まれ、身体がびくりと跳ねる。慌てて足を閉じ、腰を捻って逃げようとしたが、

「ぃっ！　……っ、……ぁあっ」

咎めるように、首筋に嚙みつかれた。鋭い痛みに身体が固まってしまう。その隙に、股の間に柊の身体が割り込んできて、いよいよ強く股間を揉《も》みしだかれる。

その感触は、布越しだというのにいやに鮮明だった。強引だが、卑猥《ひわい》な手つき……それを下肢に感じるたび、燎は神経が焼き切れそうになった。

あの柊が……普段、ストイックがスーツを着て歩いているかのごとく、色事に無縁な風情の男が、こんな触り方をするなんて。

あまりのギャップにクラクラした。三年間、目だって合わせてこようとしなかった男が、こんなにも自分に触れてくると思ったら、なおさら――。

だが、すぐに首を振る。こんな時に、自分は何を考えているのか。

「ぃ……や、だっ……く、ぅっ……やめ……はぁ……ん、ぅ」

必死に制止した。だが、首元に指先を這《は》わされ、ボタンが一つ一つ外されていく。そのたびに感じる、柊の指の感触にさえ甘い疼《うず》きを覚え、嚙みしめた唇から声が漏れる。

ボタンが、全部外された。

開《はだ》けたシャツの隙間にゆっくりと掌を入れられ、火照《ほて》った肌を撫で上げられる。

燎ははっとした。先ほど、男たちに触られた時は、気持ち悪いばかりだった。それなのに、この男に触られると、その箇所が火傷《やけど》したように熱くなって——。

「おい、まさか……感じてないよな」

「あたり、ま……え……は、ぁっ」

感じないようにしようとした。男に犯されて悦《よろこ》ぶ男だと思われたくない。

だが、気持ちとは裏腹に、触れられれば触れられるほど、身体は熱くなっていく一方だ。

昨日と同じように乳首をつねられても、女のような声が上がってしまう。

「呆れるな。これでも感じるのか」

ますます強くつねられる。けれど、昨日のように痛みを感じるどころか。

「う……くぅっ、や」

嚙み殺そうとするのに、鼻にかかった声が漏れてしまう。そんな自分が嫌で、恥ずかしくて、固定された腕で顔を隠そうとしたが、突然舌で胸を舐められたからたまらない。

「あっ……ん、ぅっ」

乳首を舐められ、甘噛みされて、内で疼いていた熱が毒のように広がっていく。

噛みしめた唇から声が漏れ、身体が愛撫に合わせて淫《みだ》らに捩れる。

気がつけば、濡《ぬ》れた股間を柊に擦《こす》りつけていた。

「苦しいのか」

その問いに、自分が何の反応を示したのかは分からない。だがおもむろにズボンを脱がされたかと思うと、燎の先走りした蜜《みつ》を掬《すく》った指先が、とんでもないところに触れてきた。

「うあっ……な、なにっ？　……ぁ」

今まで一度だって触られたことがない箇所に指先を添えられ、這わされる。強張《こわば》るその縁を何度も何度も――。

「ゃ……いや、だっ。や、めっ……そんな、とこ……ろ……ああっ！」

「ココは……触られたのか？」

人差し指の第一関節を挿《い》れたところで、柊がそう漏らし指先を引《ひ》っ掻《か》くように動かした。

それだけで、身体が大きく反り返る。

「答えろ。ココ、こんなふうに触られたのか」

指がどんどん奥深くまで埋め込まれていく。

「ぁ……ああっ……さ、されてない！　お、お前……お前だけ……んんぅっ」

今まで経験したことがない刺激に混乱しながらも訴える。だが、柊はそんな燎を無視して、指をもう一本増やし、さらに掻き回してくる。燎の締まった腰が、いよいよ跳ねる。

「嘘を吐くな。じゃあなんで、そんなに感じてるんだ。初めてのはずだろう」

汗が噴き出してくる。熱い、熱くてたまらない。

快感と熱が身体中を犯す。思考も蕩《とろ》けて、まともにモノが考えられない。そして……。

「ぁ……はぁ……わから、ない……ァ」

何も考えられなくなった頭は、

「他の奴だったら、吐くほど……嫌だったのに、なんで……お前だと、こんな……ぁっ」

そんな言葉を、口走らせていた。

瞬間、柊の動きが止まった。いきなり止まった愛撫に、燎は戸惑いながら柊を見上げた。

柊は、食い入るようにこちらを見ていた。

その……感情が高まり、しとどに濡れた狂おしげな瞳は、視線を絡めただけで、心を激しくまさぐってくる。そんなものだから、燎は悩ましく喘《あえ》いだ。その刹那、

「！　……く、あぁぁっ」

突如、全身を貫かれるような衝撃が走り、燎は悲鳴を上げた。

入ってくる。体内に異物が入ってくる。痛い。苦しい。

必死になって暴れた。だが、どんなに身体を捩ってもどうしようもなくて、どうしたらいいのか分からなくて、半ばパニック状態に陥った時。

「……んんっ？」

唇に何かがぶつかってきた。目を開いてみると、至近距離でかち合った切れ長の目。

「大丈夫だ。大丈夫……」

口づけられる。それこそ呼吸を奪われると錯覚を起こしてしまうくらいに激しく深く。

「ン……ふぅ」

舌を搦《から》め捕《と》られ、甘噛みされて……身体の力が抜けていく。下半身の痛みもぼんやりと霞んでいく。それくらい、唇を貪《むさぼ》られた。

燎の身体から力が抜けたことを感じ取ると、柊は唇を触れ合わせたまま、腰を動かし始めた。

最初は、痛いだけだった。だが、それは徐々に強烈な甘い痺《しび》れに変わっていって、気がつけば、甘えるように柊の舌に自分の舌を絡めていた。すると、口の中で笑う気配が
「ぁ…んんぅ。……ふぅ、ぁっ」

漏れるとともに、頬を優しく撫でられた。

「こうして、抱かれるのも……俺だけか？」

何も考えられなくて、素直にこくりと頷くと、柊は「それなのに、こんなに感じてるのか？」

と先ほどと同じ問いを繰り返した。今度の声音は、ひどく甘い。

「お前、本当は俺に抱かれたくて、夜遊びに出たんだろう？」

おいたしたら、抱くと言ったから。

その問いに、自分は何と応えたのか分からない。だが、涙でぼやけた視界に映る、快感で顔を歪める柊の悩ましげな表情に、身体が震えた。

ああ……この男、こんな表情が作れるのか。そう思ったら、抱き締めてくる腕の強さや、下肢に感じる柊の猛《たけ》った感触にさえ、胸が高鳴った。

柊が、こんなにも自分に反応してる。欲しがってる。

「ん……はぁっ……ひい、ら……ひ…らぎ……んぅ」

燎の中の何かが壊れたようだった。何度も柊の名を呼び、夢中で柊と舌を絡めた。

快感に窒息して、意識を飛ばすまでずっと――。


次に気がついた時は朝だった。一人ベッドで目を覚ました燎は、あたりを見回した。

(……あ、会社……行かなきゃ)

壁にかけられた時計を見て、ぼんやりそう思いながら立ち上がろうとした。

だが突然、がくりと膝が折れたかと思うと、床にぺたんと座り込んでしまった。なぜそんなことになるのか理解できなかったが、何の気なしに自分の身体を見下ろし、目を見張った。

衣服はちゃんと着ていたが、シャツから覗く鬱血《うっけつ》だらけの素肌……それを見てようやく、昨夜のことが一気に思い出されて、燎は頭から湯気が出そうなほど顔を真っ赤にさせた。

（お、俺……昨日、ひ……柊と……！）

「あ……あああ……！」

己《おのれ》の痴態を思い返した燎はたまらなくなって、顔を両手で覆い、悶絶《もんぜつ》した。すると、

「煩いな。朝っぱらから何なんだよ」

不機嫌顔の響がいきなりドアを開けて抗議してきたものだから、燎は飛び上がった。

「お、お前！　何ノックもなしに入ってくんだよ。む、無神経にも程が……」

「何？　女と犯った後？」

「！　ち、ちが……これはっ」

シャツを慌てて直しながら弁解しようとする兄に、響は肩を竦めた。

「あのさ、兄貴。余計なお世話だけど、その女はやめといたほうがいいよ。いくら何でも……SMはハードル高いって」

「……は？」

「煩い上に、縛られて悦ぶM奴隷な兄貴とか、俺は嫌だってこと」

縛られた痕《あと》がくっきり残っている両手首を指差す響に、燎は顔面蒼白《そうはく》になった。

「ちが……違うんだ、響！　これには深い理由が……っ」

「分かった分かった。それより、早く朝ご飯作ってよ。俺腹減った」

響の好きなホットケーキを焼いて何とか誤解を解いた後、燎は節々が痛む身体を引きずり出社した。本当は歩くのも辛かったが、今日は大事な会議があるから休むわけにはいかない。デスクに着くと、燎は必死に柊のことを頭から追い出しながら、資料確認に集中した。

（悩むのは仕事の後だ。今は仕事に集中……あいつのことは考えない、考えない……！）

男に襲われるという醜態を見られ、みっともないと馬鹿にされたこととか、おしおきだと言って、無理矢理抱かれて散々詰られたこととか……もしそれだけだったら「酷い男だった」で片付けられるのに、何でか最後はものすごく優しくなったこととか、後は……。

――お前、本当は俺に抱かれたくて、夜遊びに出たんだろう？　おいたしたら、抱くと言ったから。

（！　違うっ。断じてそんなことはっ……ああ！　くそ！）

結局柊のことばかり考えてしまう自分に、思わず舌打ちをしそうになった。

その時、不意に視界が翳《かげ》った。

「お、真面目にお仕事か？　偉い偉い」

軽薄な声が降ってくる。見ると、楡がニヤニヤ笑いながら、こちらを覗き込んでいる。なぜここにいるのかと小声で聞くと、楡は「仕事だよ」と胸を張った。だが、すぐに「彼女に書類を渡しに」と言って、少し離れた席の女性社員に、意味ありげな視線を送るではないか。

「欲求不満な社長夫人はどうしたんだよ」

「そんな昔のこと忘れたな。……ところで、柊のことだけど」

いきなり飛び出した名前に、燎はドキリとした。

「あいつ、坊ちゃんの目付役になったんだって？　なんでそんな面白そうな話黙ってた」

「……全然面白くねぇよ」

これまでの柊の横暴を思い返しつつ燎が答えると、楡はなぜか肩を竦めてみせた。

「そうだな。辞表出すまで追い込むのは、さすがに笑えねぇ」

燎は「え……」と間の抜けた声を漏らした。すると楡が声を潜め、こう耳打ちしてきた。

「見たんだよ。ついさっき、あいつが木口さんに辞表出してんの。……ああ、勘弁してほしいよ。防波堤のあいつがいなくなったら、俺への風当たりが……」

「すいません、ちょっとだけ席外しますっ」

楡が話している途中で、真向かいの席の同僚にそう声をかけると、燎は慌てて席を立った。

（辞表出したって……一体どういうことだよっ？）

何が何だか分からなかったが、燎は軋む身体に鞭《むち》打ち木口の部屋に走った。

部屋にたどり着くと、燎は「企画課の多岐川です」とドアをノックした。

『私と柊以外いませんよ』

中から木口がそう声をかけてきたので、燎は勢いよくドアを開いた。そして、こちらを見てわずかに目を見開いている柊を認めるなり、猛然と詰め寄った。

「お前、辞表出したってホントかっ？　会社辞めるのか？」

矢継ぎ早に質問すると、柊の目がいよいよ大きく見開かれる。

「そんな……そんなくだらないことのために、大事な仕事を放り出してきたんですか」

呆れたようにそんなことを言う柊に、今度は燎が目を剝いた。

この男、今なんと言った。くだらないと言ったのか？　自分の辞職が？

なぜそんなことを言うのか分からず呆気に取られていると、柊はさらにこう言ってきた。

「大体、私に話しかけてくるなんて、あなたはどういう神経をしているんです」

「……は？」

思ってもみなかった言葉に、思わず声を上げてしまった。

なぜ自分が柊にそんな言い草をされなければならない。頭の中が「？」でいっぱいになっていると、柊が珍しく眉を寄せ、唇を軽く嚙んだ。

まるで、言いたいことが上手く伝わらなくてむずがる子どものように。

そんな柊の所作に燎が戸惑っていると、木口が「やはり」とこちらに白い目を向けてきた。

「犯人はあなたですか。……全く、イタズラも結構ですが、今すぐ会社を辞めたいと思うほど虐《いじ》めるのはやり過ぎです」

「え？　お……俺っ？　そんな……」

突如犯人扱いされて驚愕する燎に、木口は「言い訳は結構です」とぴしゃりと言い放つ。

「とにかく何とかしてください。今柊に辞められると困るんです」

「あの、私の辞職について、この方には何の責任も……」

「柊、お前は黙っていろ。……とはいえ、今の柊は聞く耳を持たないので、昼休みにもう一度来てください。その頃までに、柊を話ができる状態にしておきますので」

「いえ、この方の貴重な休憩時間を浪費させるわけには……」

「柊、お前は本気で黙っていろ。……それでは昼休み、お待ちしております」

そうにこやかに言われたかと思うと、問答無用で部屋から追い出された。おまけに、中から鍵までかけられたものだから、燎はしかたなくその場を離れた。

自分のデスクに戻り、仕事を再開させながら燎はまた柊のことを考える。

柊の辞職願は、自分と何か関係があるのだろうか？　そして、先ほどの柊の態度。ものすごく呆れたような、……ひどく憤っているような目をしていた。

(俺……あいつに何かしたっけ？)

考えてみる。確かに、柊の言いつけを破って夜遊びに出た。酷いことも言った。だが、燎を縛り、言葉攻めしながら抱いてきた柊に、あんな態度を取られる意味が分からない。

(あ、あんなに人のこと好き勝手に抱いといて！　お、俺が良くなかったっていうのか……

って、ああ！　何考えてるんだ、俺は）
「それでは、説明を始めさせていただきます。お手持ちの資料をご覧ください」
大勢の聴衆の前で、営業用の柔らかな笑みを浮かべ、スマートに企画書の説明をしながら、燎は内心ぐるぐる悩み続けた。

会議を無事終わらせた後の昼休み、燎は再度木口の部屋を訪れた。

しかし、部屋には柊しかおらず、木口の姿は見えない。来いと言ったくせに無責任な、と思わなくもなかったが、木口がいては突っ込んだ話ができないからちょうどいい。

「よし、じゃあ質問に答えてくれ。お前が辞表出したのは、俺が原因なのか？」

柊がいつものように用意してくれた椅子に腰かけ、単刀直入に尋ねる。すると、柊は苛立つような息を漏らした。

「昨夜、あのようなことがあったというのに、なぜお分かりにならないんです」

「悪かったな、馬鹿で。けど、こうして訊いてるんだから、いいだろ……」

「出頭します」

突然飛び出した単語に、燎はきょとんとした。

「悪い。今、なんて……」

「あなたを強姦《ごうかん》した罪で、警察に出頭するので会社を辞めます」

恐ろしく真剣な顔でそんなことを言うので、

「え……あ……えええっ？」

仰天した燎は素っ頓狂《すとんきょう》な声を上げた。

「お、お前……な、何言ってるんだよ。強姦って……その……」

「昨夜、私はあなたの同意も得ず、強引に行為に及びました。あれは、立派な犯罪です」

確かに、縛られて無理矢理抱かれた上に、酷いこともたくさん言われた。それについては腹が立つし、ショックも受けた。

だが、警察沙汰《ざた》にしようだなんて、こうして言われるまで一度も考えつかなかった。

「そりゃ、昨日のアレは、結構傷ついた。でも、その……何も、出頭までしなくても……」

動揺しながらも、燎はおずおずとそう言った。すると、柊がカッと目を見開いた。

「出頭まで、しなくても……だ？　自分の……自分の身体を何だと思ってるんだっ？」

「へ？　あ……いや……っ！」

「吐くほど嫌だったんだろうっ」

燎の両肩を鷲摑みにし、柊がものすごい剣幕で詰問してくる。

「あなたの意志を無視して、無理矢理力ずくでねじ伏せ、傷つけて……そんな奴らは人間のクズだ。ゴミだっ」

その目は昨夜、バーの客たちを殺す勢いで蹴りつけた時と同じ目をしていた。

それを見て……そう言えば連中に襲われた時、自分は相手に報復することばかり考えていたことを思い出した。自分をこんな目に遭わせる奴らを破滅させてやるという憎悪を持って。

それなのに、柊にはそう思わなかった。一体どうして……と、動揺する心で考えていたが、

「それだというのに、あなたは何です？　そんなクズのために仕事を放り出したり、こうして二人きりになったり……学習能力がなさ過ぎる。もっと危機感を持ちなさい！」

普段、心がないのではないかと思うほど無感動な男が、感情をむき出しにしてそう叱責《しっせき》してくるものだから、燎はぽかんと口を開けた。だが、すぐに……なぜ、無理矢理抱かれた自分が無理矢理抱いた柊に説教されなければならないんだ、と猛烈な理不尽さを感じて、

「そ、そこまで分かってんなら、なんであんなことしたんだ、お前っ」

思わずそう言い返した。柊がはっとしたように息を飲む。

「それ、は……ぁ……」

「大体、お前こそ何だよ。人のこと、メスだの何だの散々酷いこと言って、縛って、無理矢理犯って……そんな奴に危機感持てとか言われたって、全然説得力ねぇんだよっ」

噛みつくように燎が怒鳴ると、柊は燎から手を離し後ずさった。そして、忙《せわ》しなく瞳を揺らしながら、その場に立ち尽くした。まるでどこか故障してしまったロボットのように。

「そ、れは……それは……あなたに、分かっていただきたかったんです。男に犯されるとい

う行為が、どれだけ恐ろしいことか」

ようやく言うべき言葉を見つけたのか、柊はぎこちなくそう言った。

「分かって……って、何だよ、それ。つまり……突然人が変わったように豹変してからのは……全部、演技だったっていうのか？　あの酷い言葉も……俺を、抱いたのも……」

「はい。一生懸命頑張りました」

「が、頑張りました……って……」

真顔でこくりと頷く柊に、燎は絶句した。演技？　あれが演技だったというのか？　にわかには信じられない。普段、愛想笑い一つできない男が、頑張ったからと言ってあそこまで真に迫った演技ができるものなのか。だが、今はそんなことよりも——。

「……じゃあ何か？　お前は、目付役の仕事の一環で、俺を抱いたっていうのか？　好きだから抱いたとか、そういうんじゃなくて……ただの仕事で……っ」

震える声で尋ねると、柊が小さく息を詰めた。そして、少しの沈黙の後。

「そうです」

はっきりとした声でそう答えるので、燎は思わず柊に掴みかかった。「好きだから我慢できなかった」と言われても腹が立ったろう。だが……だが！

「お前、俺のこと何だと思ってんだっ？　不注意で男に襲われるような馬鹿は、強姦したって構わないとでもっ？　……ふざけんな。ふざけんなっ、畜生っ」

なぜか胸が張り裂けそうに痛くて、やるせなくて、燎は声の限りに怒鳴った。

燎の悲痛な叫びに、柊は頬の筋肉をわずかに震わせ、すぐさま頭を下げた。

「何もかも、おっしゃるとおりです。しかし……どうしても、分かっていただきたかったのです。あなたが、どれだけ危険な立場にあるか」

「き……危険？　一体、何の話……っ」

言葉の途中で燎は口を閉じた。おもむろに柊が顔を上げ、至近距離で見つめてきたからだ。

「あなたに焦がれ、あなたを手に入れたいと渇望している者は大勢います。中には、身を滅ぼしてでも、と思い詰めている輩《やから》も……ですから」

「そ、そんな……大げさだよ」

いきなり言われた言葉に、燎は面食らった。

確かに、今まで大勢の人間に言い寄られてきた。だがそれは、出世のためや一時の欲望を満たしたいという、あくまで利己的な……燎のためなら全《すべ》てを失ってもいいだなんて気持ちとは正反対の動機からだ。

だから、そんな捨て身で言い寄ってくる人間などいないと返すと、柊は首を振った。

「いえ、あなたは……ご自分を分かっていらっしゃらない。あなたは、男を狂わせる」

「……へ？」

「あなたは、とても容姿端麗でいらっしゃいます。肌は陶器のように白く、滑らかで……思わず触りたくなるような美しさですし、ほのかに赤みを帯びた唇は、白い肌に引き立てられて、とても艶《なま》めかしいし、少し色素の薄い瞳は濃厚な洋酒のようで、見つめられただけで酩《めい》酊《てい》したようにクラクラして……」

「ちょっ！　ちょっと待て。お、お前、な……なんてこと言って……っ」

いきなりとてつもないことを言い出した柊に、燎は思わず声を上げた。けれど――。

「しかし、あなたの魅力は、そんなものじゃない」

「は……？」

そんなもの？　あれだけこっ恥《ぱ》ずかしい言葉を尽くして力説しておいて、そんなもの呼ばわりって……。柊の価値基準が分からず混乱していると、

「醜男であったとしても、あなたは魅力的です。この会社で、頑張り続けているのですから」

柊のその言葉に、燎は首を傾げた。この会社で頑張っているから魅力的とはどういうことなのか。尋ねると、柊は少し顔を俯《うつむ》けた。

「これは、私の勝手な推測ですが……この会社は、あなたにとって一番苦痛を感じる場所だ。『多岐川律の息子』として扱われることに、何より抵抗を覚えるあなたには」

燎は目を見開いた。なぜ、柊がそのことを知っているのだ。柊の前でそのことを愚痴ったことなんて、一度もないはずなのに。と、驚いている間も、柊は訥々《とつとつ》と話を続ける。

「それでも、あなたはこの会社に就職された。自分のしたいことがここにあったから……辛

い思いをすると分かっていながら飛び込んできた。そして、今も……辛い思いをしながらも胸を張り、懸命に頑張っていらっしゃる」

ここで、柊は思わずといったように顔を上げ、燎を真っ直ぐに見つめてきた。

「そんなあなたが、眩《まぶ》しくてしかたないのです。情熱も勇気も……何も持っていなかった私には目も眩《くら》むほどに。だから、話したことさえなくても、あなたのことが頭から離れなくて」

あなたのことばかり考えてしまうのです。そんな言葉とともに熱い眼差しを向けられ、燎は思わず顔を逸らした。

「お、お前……そんな……その……説教するか……口説くか、どっちかにしろよ」

消え入りそうな声でそう抗議すると、柊が首を傾げた。

「私の話をちゃんと聞いてくださっているのですか。誰がいつ、口説きました」

「い、いや……だって……」

「口説いてなどおりません。ありのまま、事実を申し上げただけです」

真顔でそう言い放ち、また燎がいかに魅力的かについて訥々と説明し始める。そんな柊に、燎は叫び出したくなった。

なぜだろう。ものすごく恥ずかしい。お世辞なんて聞き飽きているはずなのに……いや、柊のそれは、お世辞には聞こえないのだ。

燎の心証をよくしようなどという打算はまるでなく、思ったままを口にしている。そんな感じなのだ。例えば、空を見て「今日は晴れですね」と言うくらい、自然な――。

だから、心に真っ直ぐと響いてくる。

おまけにその内容も……容姿や成績のような上っ面なものなら軽く受け流せるのだが、燎が今までひた隠しにしてきた……けれど、本当は分かって欲しかった、陰の努力への賛美だからたまらない。

（こいつ……俺のこと、こんなに見ててくれたんだ）

そう思うと、余計に顔が熱くなって、どうにかなってしまいそうだった。けれど、

「……しかし、動機はどうであれ、強姦は犯罪なので出頭します」

散々熱烈なセリフを送った挙げ句、そう結ぶので熱が一気に冷えた。

「そ、そんな……しなくていい！」

「……まだそのようなことを。犯罪者に情けなど無用です。そうでないと……」

「情けとかそういうんじゃない！　俺はっ……俺は、えっと……自分のために言ってるんだ。だって、お前が出頭したら、俺がお前に強姦されたことが公になるだろ？」

お前が逮捕されるなんて嫌だ！　とは言えず、とっさにそう言うと、柊がはっとしたように息を詰めた。それを見て取り、燎は畳みかける。

ただでさえ辛いのに、恥を公にされれば、好奇の目に晒されるし、警察をはじめ大勢の人間に犯された状況を説明しなければならない拷問を受ける云々《うんぬん》。そう言うと、柊の顔色がど

んどん変わっていった。柊はしばし思い詰めたように下を向いていたが、

「……では、会社だけでも辞めます。私などが社内にいては、あなたの心労が……」

ようやく口を開いたかと思えば、そんなことを言う。

「ば、馬鹿！　俺にとっちゃ、お前に辞められるほうがよっぽど心労だ」

「？　それは……どういう……」

「え？　あ……それは……ば、馬鹿！　そんなの自分で考えろ！」

お前がいなくなるなんて嫌だ、なんてとても言えずそう返したが、柊は引かない。

「それでは答えになっていません。はっきり言ってください。そうでなければ……あ」

聞き分けのない子どものように詰め寄ってきていた柊が、いきなり身を引いた。

「昼休みが終わります。仕事にお戻りください」

真顔でそう言って、容赦なく話をぶった切るので、燎は面食らった。

（……え？　そこであっさり引き下がるのか？）

もう少し粘ってもよくないか？　昼休みが終わるまであと十分もあるのに……というか、話はまだ全然終わっていないではないか。

だが、そう言っても、柊は燎の仕事を邪魔するわけにはいかない、の一点張りだ。

「ああもう分かった！　じゃあ仕事が終わったらまた来るから、その時に……」

「では、よそでやってください。あなた方のようなのがいては仕事にならないので」

いきなり声を遮られる。見ると、いつの間に入ってきたのか、木口がこちらを見下ろしていた。それが、まだやっていたのかという呆れ顔だったものだから、燎はムッとした。終わるわけないだろう、この男の摩訶不思議《まかふしぎ》な言動相手に！　と抗議したかったが、確かに仕事の邪魔をするのはよくない。なので、燎は自宅で話すことを柊に提案した。強姦がどうのと話しているのを誰にも見られたくない。

柊は、自分のような者を家に招くなんてと難色を示したが、今日は弟が家にいるからと言うと渋々ながらも了承してくれた。

「あ、そうだ。どうせだから一緒に帰ろう。仕事が終わったら迎えに来てくれよ」

燎としては、柊が先に一人で家に着いても困るだろうからと、気を利かせて言ってやったというのに、この男ときたら、

「二人で帰っているところを見られたら、噂になりそうだから嫌です」

真顔でそう……どこの小学生の女子だと突っ込みたくなるような言い草で断ってくるではないか。

昨日あんなすごいセックスをしておいて、何を今更純情ぶっているのだ。というか、なぜ自分が柊を誘い、かつ断られなければならない？　どう考えてもおかしい。理不尽だ！

「分かったよ、じゃあ勝手に一人で行けっ」

馬鹿、と怒鳴って、燎は荒々しく秘書室のドアを閉めた。

デスクに戻ってしばらくの間、燎はムカムカしていた。

なぜ自分があの男にここまで振り回されなければならない。絶対おかしい。

（大体、出頭するって何だよっ。俺をあんな……あんなふうに、抱いておいて……）

確かに同意の上ではなかったし、酷いことをたくさん言われ、縛られもした。けれど、行為自体はとても優しかった。

欲望のはけ口のように犯されそうになった直後だっただけに、分かるのだ。

（男に犯されるのは怖いって思い知らせたいなら、もっと……酷く抱けよな）

そうすれば、柊が言い出すより先に、自分のほうから柊を警察に突き出していたのに。

それに、燎を抱いたのは仕事だと言った直後に、熱烈に褒めまくってきたりして――。

（俺に……どう思われたいんだよ？）

意味が分からない。だが、どうしても……柊に出頭して欲しくないと思ってしまう。それに、改めて自分の言動を思い返してみると、柊だけが悪いわけではないような気がしてきた。

自分があの時、「お前なんかに助けられるくらいなら、犯されたほうがましだった」だの「たかがレイプ」などと言わなければ、柊もあんなことはしなかったはずだと。

（今考えてみると……酷い言葉だよな）

柊は燎を犯そうとした男たちから、必死になって助けてくれたというのに。

とりあえず、昨日のことを謝ろう。柊も、出頭しようとするほど反省しているのだから。

そう心に決め、仕事を早めに切り上げて、燎は自宅に急いだ。しかし……。

「……で、締め切りは明日だって言ってるのに、構って欲しいのか、参考文献を取り上げて走り回るんですよ、あの酔っぱらい。ホント、すっげぇ迷惑」

「心中お察しいたします」

誰か、説明してくれる者がいるならば、説明して欲しい。

なぜ、自分の家のリビングで、柊と弟が仲良くテレビゲームをして遊んでいるのだ。

「でも、すぐずっこけて顔面強打したからいいんですけど……あ、その時の写メ見ます？」

「ぜひ」

ご丁寧に、人の恥ずかしい失敗談を笑い物にしながら……！

「お前、何してるっ」

持っていた鞄を投げつけたい気持ちを必死で抑えながら尋ねると、柊は「お帰りなさいませ」と立ち上がり、恭しく頭を下げた。

「おかえり……じゃねぇ！　なに俺の弟と俺の悪口言い合いながらゲームしてんだよっ」

「悪口ではありません。昔話です」

いつものポーカーフェイスでそう即答する柊に、頭の血管が切れそうになった。

何なのだ！　こっちはせっかく、柊がこれ以上思い悩まないですむようにと急いで帰ってきてやったと言うのに。

と、いつものように怒鳴り散らしそうになったが、必死で堪《こら》える。

駄目だ。ここで熱くなっては、柊に謝ることができなくなる。

「……とにかく、来いよ。話の続きをするぞ」

「えー、ゲームまだ途中なのに」

響が抗議しながら、隣にいた柊の袖《そで》を掴む。その、ひどく親しげな所作に燎は一瞬はっとしたが、すぐに目を逸らし、「ほら行くぞ」と再度声をかけて背を向けた。

ついてくる柊の足音に聞き耳を立てながら、燎は軽く自己嫌悪に陥った。

柊がちょっと誰かに触られただけでイラッとするなんて、どうかしている。と、部屋に入って鞄を置いた時だ。バタンッと、背後でドアが閉まる音がした。

振り返ってみると、柊の姿はなく、ドアも閉じている。

「おい、何ドア閉めて……あれ？」

何の気なしにドアノブに手をかけ、首を捻る。なぜかドアが開かない。

一体どうして？　と、燎がますます首を捻っていると、外から柊の声が聞こえてきた。

『相変わらず、注意力散漫ですね。鍵が取りつけられているのに気づかないなんて』

「鍵っ？　お前……人の部屋に勝手に鍵つけたのかっ」

『おしおきです。あんなに警戒心を持つよう警告したのに、私と一緒に家に帰ろうなどと……ちっとも分かっていらっしゃらない。そこで一晩しっかり反省なさってください』

淡々とそんなことを言う柊に、燎は思わず鍵のかかったドアを蹴りつけた。

「滅茶苦茶だ、ふざけんな！　こんなことして……さっさとここを開けろっ」

『ご安心ください。夕飯でしたら、ベッドの上に。コンビニもので恐縮ですが』

「そういう問題じゃない！　俺が言ってるのは……」

『おかかと梅干ではお気に召さなかったのでしょうか？』

「それも違う！　だから、俺が言いたいのは……」

『大丈夫です。携帯トイレもご用意しておりますので、安心してお召し上がりください』

そんな、的外れ極まりない回答を連発されたかと思うと、遠ざかっていく足音が聞こえてきたので、燎は目を剝いた。

「おいっ、マジでふざけんな！　こんなもん買う暇あったら……こんな……」

本当に用意してあった携帯トイレを抱え、燎は立ち尽くした。

「いいのかよ、俺と話さなくて。……せっかく、謝ってやろうとしてるのに」

結局、それからどれだけ大声で訴えても、鍵を開けてもらえなかった。

翌朝、起きてみると鍵が開いていた。部屋から出て、いつものように朝食と弁当を作っているると、響が何食わぬ顔で席に着いてきた。なんで柊から助けてくれなかったんだと抗議すると、薄情な弟は「面白かったから」と言いながら、みそ汁を啜《すす》るではないか。

「監禁される兄を見て面白がる奴があるか。そういや、柊は……」

「ああ、あの人？　面白い人だね」

面白い？　あの男の奇怪さはそんな生易《なまやさ》しいものではないと憤慨すると、響は首を傾げた。

「そう？　普通に話して楽しい人だったけどな。ゲーム強くて張り合いあったし」

「……お前、あの後もあいつと遊んだのか」

「うん。結構夜遅くまで……何？　そのものすごく羨《うらや》ましそうな顔」

「そ、そんな顔してないっ。誰があんな奴と仲良くしたいと思うか！」

力いっぱい……それこそ声をひっくり返らせながら即答する。そんな燎を響はまじまじと見ていたが、おもむろに「なるほどね」と鼻を鳴らした。

「あの人が兄貴のことあんなふうに言ったの、兄貴が原因か」

「！　あ、あいつ、俺のことでなんか言ってたのかっ？」

前のめりになる勢いで尋ねる。すると、響はこう言った。

「『あの方とは極力関わり合いたくない』」

「……え」

「昨日、兄貴も呼んで一緒にゲームするかって聞いたら、あの人言ったんだ。『あの方とは極力関わりたくないので結構』って」

「あ……そ……そう、か……」

なぜだろう。とっさに声が出ないほどショックだった。

燎を無理矢理抱いたことを気にして、そう言ったのだろうか。だが、それにしたって……。

何も言えずにいる燎に、響は肩を竦めてこう言った。

「そんな態度じゃ、いつまで経《た》っても、あの人と仲良くなんてできないよ？」


その後、燎《りょう》はキリキリと痛む胸を持て余しながら、出社した。

「会議資料三十部、お持ちしました。確認をお願いします」

「まぁ！　多岐川《たきがわ》さん、もう仕上がったんですか？　相変わらず仕事が早いですね」

顔に営業スマイルを貼《は》り付け、いつもどおり仕事をきっちりこなす。プライベートな感情を職場に持ち込むなんて、ビジネスマン失格だから。

けれど、表面上は普段どおりでも、頭の中はやはり柊《ひいらぎ》のことでいっぱいだった。

（あいつ……人と、楽しく遊べたりするんだ）

柊と上手《うま》く会話ができないのは、柊の奇天烈《きてれつ》な性格と無愛想さのせいだと思っていた。だから、他の人間だって自分と同じはずだと。

だが、あの男は初対面の響《きょう》とでも楽しく遊べるのだという。

では、あの無愛想でつっけんどんな態度は、燎限定ということか？

そう思うと、営業用の表情を保っていられなくて、燎は席を立った。

（ホントに……あいつ、何考えてんだろ）

昨日、あんなに自分のことを褒めてくれたのに、と自販機の前でがっくりと肩を落とす。

すると、いきなりその肩を叩《たた》かれたものだから、飛び上がりそうになった。

慌てて振り返ると、「今日も可愛《かわい》い反応をどうも」と煙草《たばこ》を吹かしながら、楡《にれ》が笑っていた。

また人を驚かせて！　と睨《にら》みつけると、楡は昨日の仕返しだとそっぽを向いた。それを見て、燎は昨日、楡との会話を途中で放り出したことを思い出した。

「あ……悪い。昨日は、その……」

「いいさ。『同僚たちの前で取り乱す多岐川燎』なんて、珍しいものを見られたからな」

同僚たちもびっくりしてたぞ、と言われ、燎は顔を顰《しか》めた。何があっても、会社の人間の前では毅然《きぜん》とした態度を取り続けようと心掛けていたのに……情けない。

「全く……あいつ、俺に何か恨みでもあるのかよ」

あまりにも振り回されるものだから、ついそんな愚痴をこぼしてしまう。

「まぁ……あるだろうな」

楡がそんな言葉を返してきた。どういうことだと首を傾《かし》げると、楡が眉を寄せる。

「その分だと、あいつあのことお前に話してないな。……まぁ、あいつは言わないか」

一人得心したように呟《つぶや》く楡に、燎は詰め寄る。

「なぁ何のことだよ。あのことって」

「……ちょっと前に俺がした、柊にキスしてきた酔っぱらいの話覚えてるか？」

少し迷うような間を置いた後、楡は唐突にそんなことを言ってきた。

「覚えてるけど、それが……っ！」

燎がはっと目を見開くと、楡は深く頷《うなず》いた。

「そう。その酔っぱらいってのは、お前」

これ見よがしに指差され、燎は驚愕《きょうがく》した。

自分が酔って柊にキスした？　確かに、春先に歓送迎会に参加して、たくさん飲まされた記憶はあるが、その席に柊がいたとか、まるで覚えがない。

「ホントに……俺、そんなことしたのか？」

「ああ、かなり濃厚な……見てるこっちが恥ずかしくなるようなやつをさ」

すごかったぜ、と笑われ、燎は耳まで赤くなった。

なぜ自分はそんなことをした？　王様ゲームだったからとはいえ、意味が分からない。と、内心動揺しまくっていると、楡は続けてこう言った。

「でもそのせいであいつ、坊ちゃんを密《ひそ》かに狙《ねら》ってる連中に目ぇつけられたみたいでな」

「……え」

「嫌がらせとか、されてたっぽい」

その言葉に、燎は息を飲んだ。

「嫌がらせって、具体的にはどんな」

「さぁ？　あいつ、そういうこと言わないから。ただ、結構えげつなかったみたいで……」

みるみる青くなっていく燎の顔を見て、楡は途中で話を切った。

「とにかくさ。もしあいつが『お前は男に狙われてるんだから警戒心を持て』だの何だの言ってきてるなら、そういう理由があるわけだから、少しは真面目に聞いてやってくれ」

改まったようにそう言って、燎の肩を軽く叩いた。


仕事終わり、帰り支度をしながら、燎は悩んでいた。

キスのことや嫌がらせのこと、柊に訊《き》くべきだろうか？　……いや、こんなこと考えるまでもない、訊くべきだ。そして自分のせいですまないと謝る。それが筋というものだ。

だが、自分の中の誰かがそれをひどく怖がっていた。

今まで、「あなたは男を狂わせる」だなんてセリフも、「噂《うわさ》になるから一緒に帰りたくない」

という子どもじみた断り文句も全部、柊が自分に好意を持っているからだと思っていた。けれど、先ほどの楡の話から考えると、それらは燎に好意を持つ連中から嫌がらせを受けての発言だったということになる。

もっと遡《さかのぼ》るなら……確か、柊が視線を合わせないまでも、熱い視線を向けてくるようになったのは、半年前だったはず。

あの時も、柊は自分のことが相当好きなんだなといい気になるばかりだったが、あの視線の本当の意味は、理不尽な仕打ちを受けることへの、怒りの感情だったのでは？

じわじわと動揺が広がっていく心で、そう思った時だ。不意に、ポケットの中のプライベート用のスマホが震えた。見ると、響からの着信だ。滅多に電話なんてかけて来ないのに珍しいと訝《いぶか》しく思いながら、燎は着信に出た。

『兄貴？　今電話してて大丈夫？』

「ああ、仕事はもう終わったから。どうしたんだよ。お前が電話してくるなんて珍しい……」

『あのさ。突然で悪いんだけど、今日家に帰ってこないでくれる？』

燎は「え？」と疑問の声を漏らしたが、続けて言われた言葉に目を瞠《みは》った。

『実はさっき、柊さんから「今日も一緒に遊びたい」って連絡が来たんだ。で、俺もそうしたかったから頷いたんだけど、よく考えたら……兄貴がいると邪魔だなって』

「じゃ、邪魔って……」

『だって兄貴と柊さん仲悪いじゃん。険悪なムードになられても困るし、兄貴も嫌でしょ』

「それは、そう……だけど……でも」

『じゃ、そういうことだからよろしく』

言うだけ言って、響は一方的に通話を切った。

無機質に響くばかりのツーツーという音を聞きながら、燎はしばし呆然《ぼうぜん》としていた。

響と遊ぶとはどういうことだ。昨日の話はまだ終わっていない。それに、柊は自分の目付役で、自分を見張る役目があるはずなのに。

(……ありえない。あいつが、俺のこと放り出すなんてありえない！)

燎はすぐさま木口《きぐち》の部屋に向かった。響の言ったことが嘘《うそ》だと確認するためだ。

だが、その途中――。

『皆あくせく働いてるってのに、女を侍《はべ》らせて遊んでるんだってよ、あのお坊ちゃん』

不意に、どこかからそんな言葉が聞こえてきて、燎は思わず立ち止まった。

あたりを見回してみると、会議室の開きかけのドアが見える。どうやら、あそこから聞こえてくるらしい。

燎は口元を引き締め、そのドアを通り過ぎようとした。だが、声はいやでも聞こえてくる。

『社長が親父《おやじ》だと楽でいいよな。大した実力もねぇくせに七光りだけで仕事ができてさ。しかも、夜遊びの金は会社の金だっていうじゃないか。全く穀潰《ごくつぶ》しにも程があるってんだ』

夜遊びをしたことで、社内に悪い噂が立っているのは知っていた。だがまさか、こんなふうに言われていたなんて、と思いながら、必死に足を動かす。

『でもその夜遊び、社長が差し向けた目付役にまんまとやめさせられたらしいぜ？』

なぜだろう。ここでまた、足が動かなくなった。

『はは、おいたが過ぎて、おしおきされたってか？　いい気味だな』

『けど、案外簡単に手懐《てなず》けられるもんだな。くそ、手懐けた奴が羨《うらや》ましいぜ。ただ馬鹿のお守《も》りしてりゃ出世できるんだからさ』

『そうだよなぁ。俺もお近づきになりたいよ。おべっか使っときゃ言うこと聞きそうだし』

『ははは、ホントホント』

大勢の人間の嗤《わら》い声が聞こえてきた。燎はその嗤い声を聞きながら、ただただその場に立ち尽くしていた。

だが、すぐに毅然と胸を張って歩き出した。いつものことだ、何でもないと。


そこから、どこをどう歩いたのか、あまり覚えていない。

ただ、頭の中で先ほど聞いた嘲笑《ちょうしょう》が鳴り響き、ひどく不快だったことだけは記憶している。

気がつけば、燎は自宅に帰っていた。そして、そんな燎をリビングで出迎えたのは、

「おかえりなさいませ」

当然のように我が家に上がり込んでいる柊を見て、燎の心は波打った。

柊がここにいた。ということは、響が言ったことは——。

「なんで……お前、ここにいるんだよ」

「弟さんが鍵の保管場所を教えてくださいまして、それを使って入りました」

素知らぬ顔で返されたその言葉に、不快感が一気に膨れあがる。

響の言ったことは本当だった。柊は、自分を見張るという役目を放り出した。

——案外簡単に手懐けられるもんだな。

先ほどの嘲笑がまた耳鳴りのように鳴り響く。その嘲笑に駆り立てられるように、

「あの電話、お前の入れ知恵か？　邪魔な俺を追っ払うために」

気がつけば、そう吐き捨てていた。

「？　何のことです」

「惚《とぼ》けるな。昨日俺を閉じこめた後、響と二人で何してたっ？」

「あなたには、関係ありません」

相変わらずの無表情で、柊が冷淡に答える。それにますます心がのたうつ。

「響には手を出すな。あいつは関係ないだろう」

「関係ない……失礼ですが、先ほどから何のお話をされているのか、理解しかね……」

「半年前の歓送迎会」

柊の表情がわずかに動いた。それを見て取り、燎は嫌みたらしく口角をつり上げる。

「お前、酔っぱらった俺にキスされて、ずいぶん大変な目にあったそうじゃないか。それで……俺に近づいたのか。嫌がらせされた仕返しをするためにっ」

自分のものではないように、口が勝手に動く。

「だからお前、ずっと俺の嫌がることばかりしてきたのか？　俺が苦しむところを見て……楽しかったか？　少しは気が晴れたか……っ」

一気にそうまくしたてた直後、我に返った燎は愕然《がくぜん》とした。

カッとなったからって、自分はなんてことを言ってしまったのだろう。

あまりに最低な自分の暴言に身震いした。しかし、そんな燎に向けられたのは、

「……その問いに、どのような意味があるのですか？」

まるで、冷水でも浴びせるような冷ややかな声。

「どうでもいいことでしょう？　そんなこと」

表情筋一つ動かしもしないで淡々と、柊は言い切った。

「私が何を考えているにしろ、私があなたにしたことも、それであなたが不快な思いをされたことも、何一つ変わらないというのに」

そんなセリフを、燎をしっかりと見据えたまま言い放つ。感情のまるで見えない、けれどただただ真《ま》っ直《す》ぐな視線で。

その視線に、言いようもない戸惑いと苛立《いらだ》ちを覚え、燎は震える唇を噛《か》みしめた。

「なんで……なんでそんな言い方するんだよ。違うなら違うって言えばいいだろ！」

「必要性を感じません」

「それ……どういう……」

「思いたければ、どうぞ。勝手にそう思えばいいと言ってるんです。あなたに何と思われようが、どうでもいいことなので」

無機質な声音《こわね》でそう吐き捨て、柊は背を向けた。まるで、燎を打ち捨てるように――。

その瞬間、燎の中で何かが切れた。

「お前は……お前って奴はっ！」

柊に駆け寄り、胸ぐらに摑《つか》みかかる。

「ふざけんじゃねぇっ。人の気も知らないで……俺はずっと、お前が何考えてるんだろうって、そればっか考えてるのにっ。これじゃ、俺一人馬鹿みてぇじゃねぇか、バカ柊！」

震える声で怒鳴りあげた。すると、それまで動かなかった柊の表情がぴくりと動いた。

「……いま……今、俺のこと、なんて」

さっきまでの機械じみた口調が嘘のような、惚けた声でそんなことを聞いてくる。

「ああ？　このバカ柊って言ったんだ。悪いか……っ」

最後まで続けられなかった。いきなり引き寄せられたかと思うと、唇に嚙みつかれたから。

突然のことに燎は面食らったが、すぐ……怒りで目の前が真っ赤になった。

自分を黙らせるためだけに、キスされたと思ったのだ。

こうすれば、燎が黙ると思っていることに腹が立つ。そして、そう思っていながら、お前のことなどどうでもいいと真顔で言い切る神経が憎らしい。

この無遠慮な舌を嚙み切ってやりたい。本気でそう思った。

それなのに、逃げようとする身体《からだ》をきつく抱き締められ、餓えた獣のように荒々しく口内を蹂躙《じゅうりん》されると、身体が勝手に動き、夢中で柊の舌に自分のそれを絡めてしまう。

「ぁ……ふ、ぅ……きらいだ……お前、なんか……大嫌い……はぁ、……んんぅっ」

そんな言葉を繰り返しながらも、手は必死に柊の袖《そで》を握り締めて……ああ。

これではこの男の思うつぼではないか。嫌だ。自分は手懐けられたくなんかない。

そんな心の叫びも、激し過ぎる心臓の音にかき消される。呼吸さえ許されないような口づけに、理性も熱く蕩《とろ》けていって、いつしか燎は身体の力を抜いて柊に身を委《ゆだ》ねていた。

柊が自分を求めてくる感触を、全身で感じるために――。

けれど突然、柊が自分から身を離した。

「しっかりしてください」

顔を拭《ぬぐ》われ、頬《ほお》を軽く叩かれる。一体どうしたのだと思った瞬間、

「あれ？　兄貴、帰ってたの？」

突如弟の声が聞こえてきたものだから、燎は仰天した。

「きょ、響っ？　……いっ！」

慌て過ぎて、燎は近くにあったテーブルに思い切り足をぶつけてしまった。

「何してんの？」

「う、煩《うるさ》い！　何でもねぇよっ」

「あっそ、別にいいけどさ。それより……なんか顔が真っ赤だけど大丈夫？」

「へっ？　これは、その……」

「走って帰ってこられたんです」

とっさに上手い言い訳が思いつかず、言葉に詰まった燎の代わりに柊が答える。

「何でも、急ぎの用があったそうで」

その言葉に慌てて頷いてみせたが、柊を一瞥《いちべつ》して燎はムッとした。

柊はいつもどおり、きちっとした格好で無表情を決め込んでいた。先ほどのことなど、まるでなかったように。

さっきまで俺にあんなことをしておいてムカつく！　と心の中で怒鳴っていると、響がまじまじと燎を見つめてきた。

「とりあえず着替えてきたら？　なんか汗も掻《か》いてるみたいだし」

響にそう指摘されて、一気に体温が上がる。

そうだ。自分は今どんな格好をしているのだろう。なにせ、さっきまで柊とあんな……！

慌てて自分の部屋に駆け込む。急いでクローゼットを開け、取りつけられた鏡で自分の姿を確認した。

スーツが着乱れていないことを確認し、ほっと息を吐《つ》いていると、ガチャリという金属音が耳に届く。振り返ると、完全に閉まったドアがあったものだから、燎はあっと声を上げた。

『はは、今日も引っかかってやんの』

ドアの向こう側から、響の笑い声が聞こえてくる。

いつもなら、「ふざけるな」と怒鳴り、ドアを蹴《け》りあげているところだ。しかし今は……。

――案外簡単に手懐けられるもんだな。

またあの言葉が、脳裏に蘇《よみがえ》ってくる。そして、それに被《かぶ》さるように、

――あなたに何と思われようが、どうでもいいことなので。

先ほど柊から言われた言葉が、重くのしかかってくる。

「俺……馬鹿みてぇ」

ベッドに力なく腰を下ろし項垂《うなだ》れながら、燎はぽつり独りごちた。

その時、ポケットの中のスマホが震えた。今度は仕事用だ。

今は誰とも話したくないが、仕事ならしかたない。燎は無理矢理気持ちを切り替え、スマホを取り出した。

しかし、ディスプレイを見て、眉《まゆ》を寄せた。非通知という文字が目に入ったからだ。こういうことをするのは、ろくな相手じゃない。

いつもなら出ない。だが一つ思い当たることがあったから、燎は通話に出た。

『……おい、ホントに出たぞ！』

燎の声を聞いた途端、興奮した男の声が聞こえてきた。この声は――。

『よぉ、社長令息様。身体の具合はどうだ？』

この、どこまでも下卑《げび》た声と口調、間違いない。自分を襲った連中の一人だ。

『どうしてこの番号が分かったのか不思議に思ってるのか？　はは、俺たち友だちが多くってさ。このくらいのこと訳ないんだよ』

燎が黙ったままでいると、相手は愉快げにそう言った。どうやら、強姦魔《ごうかんま》から突然電話がかかってきた驚きと恐怖で、喋《しゃべ》れないほどショックを受けていると思っているらしい。

その脳天気さに、燎は呆《あき》れた。仕事用の番号なんて、少し調べれば誰でも分かるのに、何をそんなに得意げになっているのか。

「それで？　用件は？」

無駄話に付き合いたくなくて単刀直入に尋ねると、相手はせせら笑った。

『世間話もなし？　つれねぇな。……話っていうのはさ、あんたの狂暴な目付役のことでね』

やはり、その話か。

『あれって立派な傷害罪だよな。俺たちがこのこと警察に訴えたら、どうなると思う？』

いたぶるような口調で男が訊いてくる。と、ここでドアのノック音が聞こえてきた。

「失礼します。お話が……っ」

部屋に入ってきた柊に静かにするよう合図を送りながら、燎は内心舌打ちした。こんな時に、なんと間の悪い。だが、ここで電話を切ったら相手に弱味を見せるだけだ。

続けるしかない。そう判断した燎は小さく息を吸い、口を開いた。

「なんであいつがあんたたちを殴ったのか、警察は調べるだろうな。そうなったら、困るのはあんたたちのほうじゃ？」

燎の言葉に柊の目が見開かれる。そんな柊に再度黙っているよう合図を送っていると、相手が声を上げて嗤い出した。

『ああ勿論そうなるだろうな。だが、あんたのほうがよっぽど困るんじゃないか？　なにせ、男に強姦されたことが公になるんだからな』

「…………」

『あとさ、あんたのいやらしい姿を撮った写メもあるんだ。どうする？　試しに画像を会社中のパソコンに送ってやろうか？』

そのせせら笑いを無感動に聞いてやりながら、燎は電話に出てよかったと思った。

連中は馬鹿だから、後先考えず柊を訴えたのでは、と心配していたから、まだだと知ることができてよかった。

そんな燎の胸中など知りもせず、男は上機嫌に話を進める。

『とりあえず、二百万用意してくれない？　それでこのことは黙って……いや、あんたがこの前の続きをさせてくれるなら、五十万にまけてやってもいいぞ』

どうする？　男が居丈高に尋ねてくる。なので、燎はきっぱりと言ってやった。

「勝手にしろ」

「え？」と相手は間の抜けた声を上げた。

『お、おい。俺の話を聞いていたのか？　写メを会社中にばらまかれても……』

「じゃあ見せてくれよ」

『……へ？』

「写メ。俺だってはっきり分かるほど綺麗に撮れてる自信作なんだろ？　だったら見てみたい。送ってくれ」

『え……いや……その…』

男があからさまに言いよどむ。その態度に、燎は確信する。相手は写真を撮れていない。

まぁ、最初に画像を送ってこない時点で、そんなことだろうと思ってはいたが。

『……お、おい。写メを送れとか言ってるぞ』

男が仲間に相談し始める。全く、どうしようもない小物だ。脅迫している最中に、何を考えているのか。

心底呆れた。が、ほっとした。この程度の連中なら、少し脅し返せばすぐに黙る。

そう見極め、燎は再び口を開いた。

「お友だちの矢部《やべ》と泉《いずみ》はいいアイデアをくれたか？　中村《なかむら》鉄工所にお勤めの伊藤正行《いとうまさゆき》さん」

そう口ずさんだ途端、男が息を飲んだ。

『な、なんで……それを……』

「さぁ？　どうしてだろうな」

名前や勤め先は、彼らとバーで飲んでいる時、盗み見た名刺を基に調べておいた。もし万が一、彼らが目付役から自分に標的を変えた時のことを考えて。

だが、それだけでは不十分だと思ったから、

「あんた、最近結婚したんだって？　おめでとう。けど、それならもう一人の彼女は怒ったんじゃないか？　それでなくても……十七歳なんて、すごく繊細な年頃なのに」

相手の仲間たちから聞き出した情報も披露してやる。浴びるほど飲ませて質問したから、ぺらぺら喋ってくれた。

『あ…ああ……なんで……なんで、そんなことまで……』

「さぁ？　けど、これくらいは分かるだろう？　俺は、お前らの人生滅茶苦茶にできるネタをいくらでも持ってるって」

ここで、燎は声の調子をさらに落とした。

「今度こんなくだらねぇ電話してきてみろ。お前ら全員、社会的に嬲《なぶ》り殺してやる」

忘れるな。冷酷にそう脅しつけ、相手の怯《おび》える息遣いを確認してから、燎は通話を切った。

よし、これで大丈夫なはずだと息を吐いて顔を上げると、柊と目が合った。

目を見開いたまま固まっている。連中に訴えられるのでは、と心配しているのだろうか。

「大丈夫だよ。今のはただの脅しだし、あの程度の連中は、あれくらい言ってやったら、ビビって何もできないさ」

「……脅迫されたのに、ずいぶん落ち着いておられるのですね」

「うん？　……ああ。こんなの、いつものことだからな」

社長令息という肩書に群がってくる連中の大半は媚《こ》びてくるが、脅迫という方法で燎を利用しようとする輩《やから》も少なくない。

そんな連中の相手も子どもの頃からしているので、すっかり慣れてしまった。

「今回も上手くやる。安心してくれ。……それで、何の用だ」

ようやく話し合う気になったのかと尋ねると、珍しく柊の瞳が揺れた。

「あの……半年前の歓送迎会のこと、いつ誰からお聞きになられたのですか」

少し間を置いた後、柊はそう訊いてきた。

「？　今日、お前と同じ課の楡からだけど……それが」

「楡さんですか……」

これまた珍しく、柊が眉間《みけん》に皺《しわ》を寄せた。

「全く、余計なことを……しかし、よかった」

「……よかった？」

「ずっと、気にかかっていたのです。あのことで、あなたが誰かに中傷されてはいないかと」

しかし、今日まで燎がキスのことを知らなかったということは、燎はこれまで、キスのことで誰かに中傷されたことはなかったということになる。

「……本当に、よかった」

もう一度、噛みしめるように繰り返す柊に、燎は戸惑った。

「な……んだよ、それ。俺のこと、どうでもいいくせに、そんな……」

「それは、違います」

思わずといったように、柊が燎の言葉を遮ってきたが、燎は首を振る。

「嘘吐け！　ついさっきそう言ったくせに」

「あれは、あなたにどう思われようが、と言ったんです。私は……あなたに何と思われようがどうでもいいくらい、あなたがどうでもよくないのです」

「……え」

燎が顔を上げると、柊が真剣な面持《おもも》ちでこちらを見ていた。

「ですから……どうぞ、先ほどの件でまずいことになったら、遠慮なく言ってください」

彼らが余計なことを言う前に、警察に出頭いたします。と、またしても真顔で出頭宣言をする柊に、燎は激しく混乱した。

燎にどう思われようがどうでもいいくらい、燎がどうでもよくない？　それは……つまり、どういうことだ？

自分だったら、大事な相手にはたくさん自分のことを好きになってほしいし、ほんの少し嫌われるだけでも、とても哀《かな》しくなる。だから、柊の言葉の意味がよく分からない。けれど、心臓の鼓動はなぜかどんどん速くなっていく。息苦しくなってくる胸に、燎がわずかに眉を寄せると、柊がすかさず頭を下げてきた。

「申し訳ありません。あなたのお役に立つために参りましたのに、このような面倒をかけまして。……それと、歓送迎会のことですが、どうぞお忘れください」

燎が「え？」と声を漏らすと、柊はますます頭《こうべ》を垂れる。

「酒の席での失敗など、覚えている価値はありません。私も……分かっておりますから。あの行為に何の意味もなかったと、ちゃんと……ちゃんと」

「う、嘘吐け！　じゃあ、さっきのキスは何だ。お前、何考えてあんなことしたんだ？」

思わずそう言及した。すると、柊が弾《はじ》かれたように頭を上げた。

「私が、何を……考えて……？」

また、壊れたロボットのように要領の得ない言葉を漏らしながら、瞳を揺らす。

「それは……申し訳、ありません。分かりません」

分からない？　そんなはずないだろう、自分のことなのに。そう言うと、柊も頷く。

「はい。しかし……あなたが、私の名前を覚えてくださっていただけでなく、呼んでまでくださるから……その、我を忘れました」

掠《かす》れた声でそう言われ、燎は驚いた。

「我を忘れたって……そんな、名前なんて何度も呼んだろう」

「！　それは……もしかして、私があなたを……した時に？」

不躾《ぶしつけ》にそう訊かれ、燎は顔が赤くなった。

いつもなら、そのデリカシーのなさを怒っている。だが、頷いてやったら柊がどんな反応を示すか猛烈に見たくなって、恥ずかしいと思いながらも頷いてみせた。

すると、柊の切れ長の目が限界まで見開かれる。

「……幻聴だと、思っていました。あなたが、私などの名前をあんな……っ」

そこまで言ったかと思うと、柊はいきなり踵《きびす》を返した。

「お、おい。どこ行くんだ……」

「帰ります。このままだと、また……我を忘れそうなので」

燎の顔は瞬時に真っ赤になった。先ほどの濃厚なキスが、脳裏に蘇ったからだ。けれど、

「申し訳ありません。もう、二度といたしません」

去り際に放たれたその言葉に、沸騰していた血液が一気に冷えた。

どうでもよくない。燎に名前を呼ばれただけで我を忘れた。散々、そんな熱烈なセリフを吐いて、全身が痺《しび》れるようなキスをしておいて……もう二度としない？

（お前は……俺を、どうしたいんだっ？）

部屋で独り、整合性の取れない柊の言動に割れそうな頭を抱えて、燎は呻《うめ》いた。


翌朝、燎が洗面所で身支度を整えていると、響が話しかけてきた。

「兄貴、昨日……あの人と仲直りできた？」

何のことだと首を傾げると、響は居心地悪そうに目を逸《そ》らした。

「兄貴が意地張って、あの人と仲直りできないでいるようだったから、ちょっと手伝ってやろうと思って、嘘吐いたんだ。ああ言えば、兄貴は絶対家に帰ってくると思って。でも」

だんだん、嘘で二人を引き合わせたのはまずかったのでは？　と心配になったのだと言う。

「もしかして、俺のせいで余計にこじれた？」

だったらごめん、と謝ってくる弟に、燎は苦笑した。

弟にここまで心配させて、情けない。そして、柊は目付役の仕事を放り出したわけではなかったと分かって、ほっとしている自分に溜息《ためいき》が出る。

「いいよ。気を遣わせて悪かったな。でも、珍しいな。お前がこんなことするの」

「だって……兄貴があそこまで誰かと仲良くしたそうにしてるの、初めて見たから」

「…………」

「いい友だちになれるといいね」

可愛い弟のその言葉に、燎は何も返すことができなかった。

仲良くしたい……そうなのだろうか？　自分は柊と仲良くなりたいのか？

よく分からない。けれど、知りたいとは思う。

あの男の難解極まりない言動の真意、あの男が自分のことを本当はどう思っているのか

……昨夜、もう二度とキスしないと言った時、どんな顔をしていたのか……とにかく、上っ面ではないあの男の本当の気持ちが知りたい。

いつの間にか、燎は柊のことをそう思うようになっていた。

仕事終わり、燎は木口の部屋に向かった。

柊が昨夜の脅迫電話を気にするあまり自首したら厄介だから、と自分に言い聞かせ、部屋のドアを開ける。だが、木口はいるのに、肝心の柊の姿が見えない。

「なぁ、木口。柊は……」

「そんなことより、ちょうどいいところにいらっしゃいました」

柊の居所を尋ねようとする燎の言葉を遮り、木口が手招きしてくる。

自分の部下を「そんなこと」と切り捨てるなんて、相変わらず酷《ひど》い上司だと思いながら近づくと、新聞を差し出される。何だろうと見てみれば、とある企業が大赤字を出したという記事が載っていた。この企業は、確か紺野《こんの》の――。

「『多岐川燎は父親に企画書を作ってもらっている能なし』などと吹聴する輩を引き抜くようでは、たかが知れてると思ってはいましたが、まさかこんなに早くボロが出るとはね」

「！　お前……なんで、紺野さんのこと……」

「あなたについての噂は、私の耳に入るようにしてあるんです。私の可愛い従兄弟《いとこ》を悪く言う輩に、鉄槌《てっつい》を下してやるためにね」

さらりと言われたその言葉に、燎が「ええっ？」と目を剝《む》くと、木口は鼻で笑った。

「と、いうのは冗談で、勿論《もちろん》我が社のためです。社長令息であるあなたの醜聞は、我が社の醜聞でもありますから。……とはいえ、これではっきりしたでしょう？　あなたを親の七光りと軽んじる連中は能なしであると」

「そ、それって……」

「紺野とやらが流した醜聞を気にする必要はないということです。大丈夫。見る目のある人間は、あなたの実力をちゃんと分かっていますから」

普段小言と説教ばかりの木口からそんなことを言われ、燎はドギマギした。

けれど、自分は紺野の嘘が真に受けられてしまう程度の働きしかできていないのだろうかと気にしていただけに、その言葉はとても嬉《うれ》しかった。

「そ、そんなこと言うお前って、なんか気味悪いな。けど、まぁ……ありがと……」

「つきましては」

恥ずかしがりながらも礼を言おうとする燎の言葉を、木口はぴしゃりと遮った。

「日頃から頑張っているあなたに、ご褒美をあげたいと思います」

どうぞ、お受け取りくださいと、満面の笑みで大きな冊子を差し出される。装飾を見る限り、これはどう考えても――。

「三井《みつい》産業の社長から、あなたをぜひ、娘の玲子《れいこ》さんの見合い相手にと言われまして」

「俺っ？　なんで……その社長にも娘にも逢ったことねぇのに」

「玲子さんが何かのパーティーで、遠くからあなたを見初《みそ》めたそうです」

――あのイケメンとなら、お見合いしてあげてもいいわ。

いくら見合いしろと言っても聞かなかった愛娘《まなむすめ》が、燎を見てそう言ったものだから、父親が狂喜乱舞して見合い話を持ってきたのだと説明され、燎は顔を顰めた。

「その言い草……どう考えても真面目に見合いする気ねぇだろ」

「そうですね。しかし、大手企業に恩を売るチャンスです。ぜひお受けになって、このお嬢さんを楽しませて……」

「やだよ。なんで俺がそんなホストみたいなことしなきゃならないんだ」

あまりに馬鹿馬鹿しい話に即断るが、木口は引かない。

「勿論タダでなんて言いません。見合い場所は、高級ホテルの三つ星レストランにいたしますし、スウィートの部屋もお取りします。美味しいものが食べられる上に、スウィートにも泊まれる。悪い話ではないでしょう？」

「物で釣ろうとするな。とにかく、嫌なものは嫌だ」

「……もしかして、見合いして困る相手でも？」

そう言われた瞬間、なぜか柊の顔が浮かんだものだから燎は慌てた。

「ば、馬鹿っ。そんな奴いるわけ……っ」

「じゃあいいじゃないですか」

では、早速先方にメールを、とキーを叩き出す木口に燎は目を剝《む》いた。

「お、おい、何言ってんだ。俺はしないって……」

「残念。もう送信してしまいました」

そう言われ、慌ててパソコンを覗《のぞ》き見る。すると本当に、了解メールは送信されていた。

なんて勝手な奴だと抗議したが、木口は素知らぬ顔で笑うばかりだ。

「素直じゃないあなたが悪いんです。『二十三時の恋人』は怒るでしょうねぇ。玲子さんは美人だから余計に……今から言い訳を考えておかないと」

悪びれずそんなことを言う木口に、燎は青筋を立てた。二十三時に通ってきていたのが、自分の部下とも知らないくせに勝手な！

だが、そう思いながらも、柊はこの見合いのことを知っているのか気になった。あの男がこのことを知ったら、どう思うだろう。

「な、なぁ……ちなみに、柊はこのこと知って……」

「無駄ですよ」

燎の問いを、木口は即座に遮った。

「この見合いをどう思うかだなんて質問は、あの男にはハードルが高過ぎます」

本来なら、「別にあいつになんと思われようがどうでもいいし！」と悪態を吐いていると ころだが、燎はその言葉を飲み込んで、どういう意味だと木口に先を促した。

知りたかったのだ。柊という男を、ほんの少しだけでも——。

そんな燎を木口はしばし無言で見つめてきたが、唇に微《かす》かな笑みを浮かべるとこう言った。

「そうですね。例えば、私にサービス残業や休日出勤を言いつけられたとします」

普通の人間なら、不満を抱《いだ》いたり何だり色々考えるものだ。しかし、柊の場合は……。

「『自分なんかに、こんなにたくさん頼み事をしてもらえてありがたい。少しでも役に立てて嬉しい』そう思って、幸せを噛みしめる」

「し、幸せ？　何言ってんだ。……そんな、大げさな……」

「あいつはね、幸せを感じる基準が恐ろしく低いんです」

常人なら取るに足らない、または腹立たしいと思うようなこと……例えば、仕事を言いつけられる、こき使われる。それさえも、柊にとっては非常に喜ばしい幸福なのだ。

「まぁ……初めて出会った時は、そういう感情さえありませんでしたけど」

「初めてって……」

「私と柊はね、高校時代からの知り合いなんです」

かれこれ十二年になりますかね。そう言われ、燎は目を丸くした。

確かに、合理的で効率性重視の木口が、仕事はできるが問題も多い柊をそばに置き続けることに違和感を覚えていたが、まさかそんなに前から知り合いだったなんて。

「初めて会った頃の柊は、今よりも酷い状態でした。誰に何を言われても全くの無反応だし、一言だって喋らない。痛みも感じないらしく、不良と喧嘩《けんか》して大怪我《おおけが》を負っても、放っておくありさまで……」

「不良と喧嘩？　あいつが？」

「はい、あいつが行っていた高校が不良の巣窟《そうくつ》だったからか何なのか知りませんが、喧嘩ばかりしていました。なのに、怪我はそのまま放っておく。それが見てられなくてね。気まぐれで一度手当してやったんです」

すると後日、柊は手当に使ったハンカチを律儀に返しに来た。だが、また新しい傷を作っているものだから、そのハンカチを使って手当してやって……そんなことを繰り返しているうちに、何かとつるむようになってしまった。

付き合いを重ねていくと、柊は徐々にではあるが自分の意思を見せ始めた。

時々わずかだが表情を動かすようになったし、ぽつりぽつりと自分の意思を口にするようにもなった。だがそのうち、木口はあることに気がついた。

柊は木口の言うことを聞くばかりで、自分からは何一つ要望を口にしない。

「そのことを訊くとね、あいつはこう言いました。『あなたにして欲しいことなんて、何もない』と」

——こんな私を使い続ける、物好きなあなたの役に立てる。それだけで十分です。

「何だよ、その言い方……それじゃまるで」

柊はこれまで、誰にも必要とされたことがなかったみたいではないか。そう言うと、木口は「さぁね」と小さく息を吐いた。

「あいつは自分の生い立ちを話そうとしないので何とも……しかし、あいつが自分のことを、誰からも必要とされない、無価値な人間だと思っているのは確かです」

そして、その過剰な自己評価の低さが、柊の言動をより奇天烈にしてしまう。

「感覚が違い過ぎますからね。あいつがよかれと思ってやることは大抵裏目に出てしまうんです。そんなものだから、あいつは自分から何かをすれば、必ず相手に迷惑をかけると思うようになってしまいました」

それ以来、柊は常に相手の指示待ちだ。自発的には一切動かない。いや、動けない。

「そんなものだから、私から頼み事をされるだけで、あいつは喜んでしまうんです」

その言葉に、燎はひどく切なくなった。小さなことでも幸せを感じてしまう理由が、自分を誰にも必要とされない役立たずだと思っているからだなんて、いくら何でも悲し過ぎる。

そして、さらに続けられた木口の言葉に、息が詰まった。

「だからね、役に立てたらそれだけで満足してしまって、それ以上は何も考えない」

「何もって……」

「『こんな自分でも役に立てた。よかった』そこで終わりという意味です。だから、見返りは勿論のこと、自分は相手の何なのか、どうなりたいのかという発想がないんです」

そう言われ、燎ははっとした。

この三年間、柊は燎が秘書室に訪れるたびに、燎が座る椅子やコーヒーを用意し、資料室で残業すると上着を掛けに来てくれた。それなのに、話しかけることはおろか、視線を合わせてくることもなかった。それを燎は、本当は自分と仲良くなりたくてたまらないくせに、恥ずかしがってできないでいるのだと思っていた。

だが、今の話からすると、柊は燎と親しくなりたいだなんて、これっぽっちも思っていなかったことになる。燎の座る椅子を用意させてもらえる。用意したコーヒーを燎に飲んでもらえる。それだけで満足していたということになる。

それに……そう言えば、今まで柊が自分の気持ちを主張したことなどあったか？　ない。柊が主張してきたのは燎の都合だけで、自分の気持ちを口にしたことはただの一度もない。

それどころか、自分の辞職を「くだらないこと」と言い切り、何を考えているのか言及しても、そのたびに困惑して、「分かりません」と答えるばかりで――。

それは、柊は自分の気持ちを考えられない……つまり、感情がない人間ということに……。

あまりの話に混乱しながらも、燎がそう思っていると、

「ですが、どうも……あなたに対してだけは違うらしい」

不意に聞こえたその言葉。顔を上げると、木口が真顔でこちらを見つめていた。

「ここへ来たあなたに椅子やコーヒーを出せと、あいつに命令をした覚えはありません。あなたもそうでしょう？　あいつにそんなことをしろと言いましたか？」

首を振ると、木口はふんと鼻を鳴らした。

「では、あなた専用のコーヒー豆を買うのも自主的ですか。……信じがたいことです。あい

つが自発的にそこまで動くなんて。私にはただコーヒーを淹《い》れるだけのくせに」

柊が椅子やコーヒーを出してくれること、嬉しく思ってはいたが、重要視したことはなかった。だが、木口の話によると、その行為は非常に稀《まれ》で、驚くべきことなのだという。

「じゃ、じゃあ……今回、目付役を志願したのも……」

「もうね、あの時は戦慄《せんりつ》しましたよ。明日、日本が沈没するんじゃないかってね。でも、せっかく芽生えた自主性ですから、試しにやらせてみたんです。そうしたら……」

この様です、と木口は紙を数枚放ってきた。何の変哲もない会議資料だったが、よく見ると、ページ番号がバラバラでホッチキス止めされている。

「他にも、必要書類をシュレッダーにかけたり、私のデスクにコーヒーをこぼしたり……今までこんなことは一度もなかったんですが……まさか、ここまで総崩れになるとは」

溜息交じりのその言葉に、燎は目を丸くした。

何もかもがちぐはぐで、矛盾だらけだった柊の言動。

今まではひとえに、柊の思考回路が奇天烈だからだと思っていた。しかし、本当はそれだけではなくて、初めての行為に行動した本人も戸惑っていたのだとしたら……。

（あいつも、ずっと悩んで、パニクっていたのかな……）

ページ番号がバラバラの資料を見つめ、そう思った時だ。

「それに、心労も絶えなかったようでね。今日、とうとうぶっ倒れました」

「……え」

「おまけに、倒れた時にデスクの角に頭をぶつけまして。いやぁ、血で資料が汚れるわ、救急車を呼ぶわで大変だった……」

「何だよっ？　それっ」

世間話をするようなノリでさらりとそんなことを言う木口に、燎は声を上げた。

「なんでそんな大事《おおごと》黙ってるんだよっ？　大丈夫なのか？　ってか、心労って……」

「どうも、最近一睡もしていなかったみたいなんです。あと、普段使わない頭を使いまくったせいか、知恵熱も出たようで……全く、二十七にもなって知恵熱だなんて、情けない……」

「どこにいるっ？」

木口の愚痴を遮り、燎は木口に詰め寄った。

「あいつは……柊は今、どこにいるんだっ？」

自分でも、なんでこんなに必死になっているのかよく分からなかった。だが、とにかく柊に逢いたくて、木口から柊の居場所を聞くと、燎は何も考えず柊の元へ走った。

会社の前で飛び乗ったタクシーで十五分ほど走った先に、柊のマンションはあった。

佇《たたず》まいは立派だが、オートロックではない古い型のモノだったので、燎はマンションに足を踏み入れ、柊の部屋を目指した。

木口に教えられた部屋は、表札がついていなかった。一瞬本当に柊の部屋なのか不安になったが、木口が嘘を教えるはずがないからと、思い切ってインターホンを鳴らした。

だが、いくら押しても柊は出てこない。

いないのだろうか。何の気なしに、ドアノブに手をかける。すると、ドアがすんなり開いたので、燎は目を丸くした。

鍵もかけていないなんて、不用心な……。呆れつつ、そっと中を覗いてみる。

室内は真っ暗で、しんと静まり返っていた。留守なのかと思ったが、靴はある。

奥で寝ているのだろうか。だったら、このまま帰ったほうがいいかもしれない。

けれど……ならせめて一目だけでも、という気持ちをどうしても抑えられず、いけないと分かっていながら、燎は部屋に上がりこんだ。

使った痕跡《こんせき》がまるでない、一人暮らし用の小さなキッチンを通り、奥の部屋に入る。

そして、部屋の中を見て、燎は息を飲んだ。

月明かりに照らされたその部屋は、恐ろしいほどに殺風景だった。

テレビも棚も机も……窓際に置かれたベッド以外何もない。すっからかんだ。

木口は、柊は頼み事をされて役に立つこと以上のことは、何も考えないと言っていた。そして、自発的に何かしても迷惑をかけるだけだから、命令されるまで何もしないとも。

その結果が、この部屋なのか。ただ相手の言うことだけを聞いて、あとは何もしないから、こんな……自分というモノがまるでない、からっぽな部屋……心になってしまったのか。

寒気がするほどがらんどうな部屋に、呆気《あっけ》に取られながら歩を進める。

だがふと、足に何かが当たった。

それは、一冊の本だった。しかも、表紙に「美味《おい》しいコーヒーの淹れ方」などと書いてあったものだから、思わず手に取った。途端、ページの間から何かが床に落ちる。

小さなメモ帳だ。落ちた拍子に開いたページには、日付とコーヒー豆の種類と配合、そして「いまいち。ハワイコナ、十二減」「良し。モカ、五増」という言葉が記されていた。

最初は意味が分からなかったが、日付をよくよく見ると、どうもそれは燎が秘書室に出向き、柊にコーヒーを出された日と一致しているようで――。

(まさか……俺の反応見て、一々配合を変えていたのか……?)

にわかには信じられなかった。

柊が燎専用にコーヒー豆を買っていることは知っていた。それに、柊の淹れてくれるコーヒーはいつも……それこそ、どうしてこんなにも自分の舌に馴染《なじ》むんだろうと不思議に思うほどに美味しかった。だが、まさかこんな努力をしていただなんて、思うわけがなくて。

震える手で、燎のことばかりが書かれたページをめくる。

最後のページ。「木口へ」という言葉とともに、燎の体調や気分に合わせたコーヒー豆の配合、そして、燎は資料室で残業する時、上着を脱いだまま仮眠を取る癖があるから、風邪を引かないよう気をつけてやってほしいという旨が、簡単に記されていた。

(出頭するから、こんなメモ……用意したのか?)

改めて、柊の部屋を見回す。生活感も温かみも、何もかもが欠落した部屋。そんな中、唯一あった、コーヒーの本とメモ帳。

美味しいと、声をかけたことなんて、ただの一度もない。それなのに、燎に少しでも美味しいコーヒーを飲ませたいと、こんなにも努力して……っ。

そう思い至ると、燎はたまらなくなって、ベッドで寝ている柊を見た。

頭に巻かれている包帯が痛々しい。それに、月光に照らされているせいか、その顔はいやに蒼白《あおじろ》く、やつれて見えた。

――心労が絶えず、一睡もしていなかったようです。

「……馬鹿だよ、お前」

近づいて、小さな声でそっと罵《ののし》った。

「こんなになるまで……何やってんだよ」

バカ柊。そう呼びかけながら、少し痩《や》せた頰に指先で触れた。

その時、いきなり手首を摑まれたものだから、燎は全身を震わせた。

閉じられていた柊の目がうっすら開く。そして、焦点の合わない虚ろな瞳で、ぼんやりとこちらを見上げてきた。

「ひい、らぎ……？　だいじょう、ぶ……わっ！」

燎が柊の名を呼んだ途端、ものすごい力で腕を引っ張られた。あまりに突然のことにバランスが崩れ、前のめりに倒れる。その先は、柊の腕の中で――。

「ひいら……んんぅ」

顔を上げると、唇に噛みつかれた。いつも以上に熱い舌に舌裏を舐《な》め上げられ、燎がたまらずくぐもった声を漏らすと、今度は息が詰まるほどきつく抱き締められた。

その腕は、気に入ったおもちゃを取られまいとする子どものようにいじらしく、どこまでも必死だった。その感触に、燎は胸を締めつけられる思いがした。

（……相手に何も求めない？　嘘だ、そんなの……）

そんな人間は、こんなふうに抱きついてきたりしない。

「……大丈夫、だよ？」

掠れた声で言いながら、柊の背に手を回し、あやすように背中をさすった。

「俺はどこにも行かない。そばにいる。だから、安心して……」

おやすみ。幼子に言うように優しく囁《ささや》いてやる。すると、頭に頬を擦り寄せられるとともに、頭の上から穏やかな寝息が聞こえ始めた。それに燎は小さく笑う。

（子どもみてぇ。……可愛い）

めくれた布団をかけ直してやり、できるだけ優しく頭を撫《な》でてやる。

今日は、このまま寝てしまおう。どうせ動けないし、明日は休みだし、何より……、

（こいつ、朝起きたらどんな顔するかな？）

その時の反応を楽しみにしながら目を閉じた。

正直、男に抱き締められて眠れるとは思っていなかったが、柊の腕の中は妙に心地よくて、燎は久しぶりにぐっすり眠ることができた。

しかし翌朝、目を覚ますと、真顔の柊が至近距離でこちらを凝視していたものだから、燎は驚きの声を上げた。

「おはようございます」

「おはよう……じゃねぇ！　何、人の寝顔ガン見してんだよ」

「せっかくの休日ですので、眠りを妨げてはいけないと思いまして」

よくお眠りでした、と言われ、燎は顔が熱くなると同時に腹が立った。

「なんでお前、そんなに淡々としてるんだ。朝起きたら腕の中に俺がいたんだぞ？　少しは驚いたりしたらどうなんだ」

「そのようなことはありません。とても驚いております」

表情筋一つ動かさずにそう言われても説得力の欠片《かけら》もない。しかし、ここで燎はあること

に気がついた。この礼儀正しい男が、いまだに起き上がらないのはおかしい。

試しに、手を柊の額《ひたい》に当ててみる。すごく熱くて、ぎょっとした。どうしてだ。昨日はこんなに熱はなかったはずなのに、と首を捻《ひね》ったが、すぐに――。

「お前、もしかして……俺がなんでここにいるのかとか、寝てる俺をどうしたらいいだろうとか、いっぱい考え過ぎて、また熱が上がったのか？」

柊が首を傾げる。が、突然何を思ったか、燎を思い切り突き飛ばしてきた。とっさのことに踏ん張りが利かず、燎はベッドから転げ落ち、頭を強《したた》か打ってしまった。

「……ったぁ！　何すんだよ、いきなり……っ」

「今すぐ出て行ってください」

突如そんなことを言われ、燎は面食らった。何をいきなり怒りだしたのかと思ったが、

「風邪が移っては大変です」

菌を移さないようにするためか、頭から布団を被ってそう言うので、笑ってしまった。

「何言ってるんだよ。大丈夫。移ったりしないって」

布団を引きはがしながら言ってやると、柊は驚いたように瞬《まばた》きした。

「そんな……そのように、ご自分を卑下されなくても」

「……は？」

「確かに、あなたは私に対して警戒心と学習能力が低過ぎますが、馬鹿というほどでは

「……」

気真面目な顔でそんな失礼なことを言ってくる柊に、燎は眦《まなじり》をつり上げた。

「馬鹿はお前だっ。知恵熱が移るわけないだろう。……それより、具合が悪いなら寝てろ。それと、何か欲しいモノあるか？　ないなら、買ってくるから」

「いえ、そのような……あなたの大事な休日を潰《つぶ》すようなことは……」

「いいんだよ。お前にそんな熱出させたのは、俺のせいなんだろ？　だったら責任取らせろ」

「しかし……っ」

「いいから……『はい』って言えよ」

異議を申し立ててくる柊の唇に自分のそれを押し付け、命令する。柊はしばらく固まっていたが、燎が再度「『はい』は？」と促すと、「はい」と掠れた声で呟いた。

「よし。じゃあちょっと買い物行ってくる。昼はうどん作ってやるから楽しみにしとけよ」

唇を離し、笑ってそう言ってやると、燎は部屋を出た。だが、玄関のドアを閉めた途端、真っ赤になった顔を掌《てのひら》で覆った。

（……俺、何やってんだ）

自分から柊にキスするなんて……自覚がないだけで、自分も熱があるのだろうか？

自分で自分が分からない。けれど今、無性に……柊に優しくしたかったのだ。

その後、燎は何度か買い物し直す羽目になった。柊の家には、丼は勿論のこと、料理を置くための机さえなかったからだ。

買ってきた折りたたみ式の簡易机に、これまた買ってきた土鍋で作った鍋焼きうどんを見栄え良くセッティングしていると、柊が非常に申し訳なさそうに頭を下げてきた。

「色々、ご面倒をおかけして申し訳ありません。お代は後で……」

「いいよ。俺が勝手に買ってきたんだから。それより、ほら、席に着け」

燎がそう言うと、柊は一瞬何か言いたげな顔をしたが、こくりと頷いて席に着いた。

すると、燎が作った鍋焼きうどんをしきりに見遣《みや》る。どうしたのか尋ねると、

「いいえ……改めて、今の仕事はあなたの天職だと思いまして」

「な……何だよ、いきなり」

「ただの昼食なのに、あなたは私が少しでも美味しくうどんを食べられるよう、土鍋や机を買ってきて、盛りつけた後も、より綺麗《きれい》で見映えがいいほうを私にくださった」

人を喜ばせる気遣いが、苦もなくできる方なんですね。無表情ながらもそう言って褒めてくるので、燎は顔を俯《うつむ》けた。この男は鈍いようで、妙なところで聡《さと》いから困る。

「そ、それは……俺が作るって言ったわけだし、どうせなら、少しでも美味しく食べたほうがいいわけで……ああ！　それより早く食え。冷めたら不味《まず》いぞ」

自分の分の鍋焼きうどんをすすりながら促すと、柊は深く会釈して箸《はし》を取った。そして、うどんを口に含み咀嚼《そしゃく》した。瞬間、燎は思わず「おお」と声を上げてしまった。

「……お前、普通にモノが食えるんだな」

電池交換してそうな顔してるのに。そう言うと、柊がジロリと視線を向けてきた。

「私は人間です。その証拠に、このうどんが美味しいと、ちゃんと感じます」

「！　あ……そう」

不意打ちの褒め言葉に無愛想に応えながら、目を逸らす。だがすぐに、息を吹きかけて汁を飲む柊を見てしまったものだから、「わぁ！　柊がふうふうした」と声を上げ……。

こんな調子で、柊と二人でうどんを食べた。

会話は非常にとりとめのない内容ばかりだったが、それでも……妙に楽しかった。

それは多分、柊の良くも悪くも裏表のない、純朴な気質が大きな理由だと思う。

柊は思ったことをそのまま、飾ることなく口にする。思考が独特ではあるが、虚勢も変なひねくれもないので清々《すがすが》しく、ぎょっとすることはあっても、不快感を覚えることはない。

普段、燎を「多岐川律《りつ》の息子」と意識するあまり媚びまくる、または無駄に張り合ってくる人間ばかりを相手にしている燎には、それがひどく心地よくて――。

（この感覚、久しぶり……うん？）

そこまで何の気なしに考えて、ふと首を傾げる。

久しぶり？　自分はこの感覚を知っているのか？　どこで、誰と……？

すぐには思い出せなかった。けれど、うどんを食べ終えた時。

「それでは、お茶を淹れましょう」

そう言って立ちあがろうとする柊を見て、「あっ」と声を上げた。

「？　何か」

「い、いや……その、無理するなよ。お前、まだ熱あるんだし……」

「いえ、淹れさせてください。このまま何もしないままなのは、心苦しいので」

「じゃ、じゃあお言葉に甘えて」と燎がおずおず答えると、柊は会釈し立ち上がった。

台所へと向かう柊の背中を見ながら、燎は目を細める。

思い出した。……そうだ。自分はずっと前から、この感覚を知っていた。

秘書室に遊びに行っても木口がいなくて、柊が淹れたコーヒーで待っている間。

資料室で寝ていると、柊が背中に上着をかけてくれた時。

最初の頃は、柊が向けてくる好意を取るに足らないものと切り捨て、無視していた。どうせお前も、他の連中と同じように何か下心があるんだろうと。

だが、柊は何も求めてこなかった。話しかけてくるどころか、目も合わせてこようとしない。それでも変わらず、燎好みのコーヒーを出し、労《いたわ》るように上着をかけ続けてくれる。

その、まるで見返りを求めない、ただただ純粋な好意に、疑《うたぐ》り深い燎の心は次第に和らぎ、心地よさを覚えるようになっていった。そして気がつけば、柊との奇妙なひとときは、燎にとってかけがえのないモノになっていた……はずだった。それなのに――。

(俺……どうして、忘れていたんだろう)

木口がいないことを知っていながら秘書室に行ったり、残業の時に寝た振りをしていたのも、その好意に触れたかったからのはずで、と首を捻っていると、柊が戻ってきた。

「どうぞ」

「あ……ありがとう」

(俺は、知ってたはずなのに……こいつがくれる感情は、打算のない無償の好意だって)

それだというのに最近、柊を見ると、自分に気があるくせに目も合わせられない意気地なし、腰抜けと苛つくばかりで……なぜ、そう思うようになってしまったのか。

そのことに戸惑いながら、お茶に口をつけようとすると、柊が突然「お話があります」と、改まったように声をかけてきた。

「うん? 何だよ、いきなり……」

「あなたのお目付役、今日限りで辞めます」

湯呑を持つ手が、止まってしまった。

「それ……どういう、ことだよ」

「こんなこと、あなたにとって迷惑以外の何物でもないからです」

突然の申し出に固まっている燎に、柊は訥々《とつとつ》と話を続ける。

「意固地になって、自分の首を絞め続けるあなたを見ていられなかった。だから、あなたにもっと危機感を持ってほしくて、目付役に志願いたしました。しかし……」

燎を襲った男たちから電話がかかってきた時、毅然とした態度で電話に応じ、相手を黙らせた燎を見て驚いたのだと、柊は言った。

「私が知っているあなたは、朗らかで温かくて……あんな冷酷な顔なんてしない」

「それ、って……」

「考えてみれば、私は木口と話すあなた以外ほとんど見たことがない。心を許しきった相手に、無防備に自分を晒《さら》すあなた以外……」

だから、他の人間に対してもそうなのだと思ってしまった。

「だが、それは間違いだった。あなたは、目付役などいらない、強くしっかりした方でした。それなのに、私はあなたのお役に立とうなどと自惚《うぬぼ》れて…」

本当に、申し訳ありませんでした。そう言って、深く深く頭を下げる。

「もう金輪際《こんりんざい》、このようなご面倒はおかけいたしません。ご安心ください」

そんなことを言う柊を、燎は呆然と見つめていた。だがしばらくして、静かに口を開く。

「それは……つまり、こういうことか？　本当の俺は、お前が想像してた俺と違ってた。だからもう、俺に興味がなくなったって……」

柊が弾かれるように顔を上げる。

「違います。決してそういうことでは……」

「同じことだ！」

柊の言葉を、容赦なくはねのける。腹立たしくてしかたない。初めて穏やかに接することができた直後に、縁を切りたいだなんて！

「俺はしっかりしてる？　お前の助けなんかいらない？　はっきり言えよ、本当の俺に幻滅したって。だからもうどうでもよくなった……」

「違います。これ以上、あなたの邪魔はできないと言っているんです。今も、こんなくだらないことに、大事な休日を浪費させてしまって」

くだらない。その言葉に燎は愕然とした。

相手の役に立てた。それだけで満足してその先を考えない柊にとって、燎と一緒に過ごすことなど、どうでもいいことなのだ。燎の役に立つ、立たない。それ以外はどうでも……。

自分は、柊とこうしていられたこと……とても楽しくて、嬉しかったのに。

そう思ったら、さっきまでの浮き立った気持ちが一気に萎《しお》れていく。一人楽しんでいた自分が滑稽に思え、居たたまれなくなる。それなのに、

「今更……今更何言ってるっ。あんなに散々好き勝手やっといて、ふざけんなっ。一度始めたんなら、最後までやり通せ！　俺に責任なすりつけて逃げるんじゃねぇっ」

こんなにも必死になって怒鳴っている自分が、ひどく虚しかった。

ああなぜ、自分がこんなことをしなければならない？

こんな男、こっちから縁を切ってやればいい。役に立つ、立たないでしか物事を計れないくせに……燎とどうなりたいのかも考えられないくせに、いたずらに燎の心を揺さぶるセリフを吐いて、抱き締めてくる。そんな、こちらの気持ちなど一切顧みない酷い男なんか！

だが、どうしても引き留めずにはいられない。目付役を辞めれば、柊は前のように目さえ合わせてくれなくなる。いや、それどころか、燎との関係を全《すべ》て絶とうとするに違いない。

（そんなの、絶対に嫌だっ）

この男だけなのだ。偽りの好意ばかりを向けられたせいで、すっかり疑心暗鬼になってしまったこの心を、こんなにも温かくしてくれて、この好意は本物だと、素直に信じさせてくれる男は。

だから、柊にとっては何の価値もない、くだらないひとときが、自分には大切なのだ。それこそ、何物にも代え難いと思えるほどに。だから……止めずにはいられない。

「おしおきしたっていい。我忘れて襲いかかったっていいよ。とにかく目付役は辞めるな！俺のそばにいろっ」

柊ともっと関わりたい。失いたくない。その一心で……滑稽なほど、必死に止めた。

それなのに、柊は眉一つさえ動かさなくて……自分がこんなにも感情を剥き出しにしてい

るというのに、この男は何も感じないのかと、ひどくやり切れなくなったが、

「分かりました。あなたがそうおっしゃるのなら、続けさせていただきます」

柊がそう言ったものだから、燎ははっとした。

「……ホント、か。ずっと、俺の目付役でいてくれるのか？」

震える声で聞き返す。すると、柊は俯くようにして頷いた。

「はい。……お役に立てれば、幸いです」


月曜日、燎は久しぶりに気分良く出社した。休みの間中、柊と二人穏やかに過ごすことができたからだ。

柊が燎と休日を過ごすことをくだらないと言い、目付役も辞めると言い出した時は深く傷ついたが、燎の説得に応じた後は、燎の看病を素直に受け入れてくれた。

その時、燎の目付役に復帰できるよう、一刻も早く身体を治さなくてはという懸命さがひしひしと伝わってきたから……ああ、この男は確かに自分と価値観が違うけれど、自分のことを大事に思ってくれていることに変わりはないのだと感じ、とても温かい気持ちになれた。

またあんなふうに過ごせたらいいな。とりとめもなくそう思いながら、自販機のボタンを押していると、後ろから声がかかった。

「いやにご機嫌だな。昨日嵌《は》めた女の具合がよかったとか?」

昼間から下品極まりない軽口。振り返ると、ニヤニヤ笑いながら楡が立っていた。

「お前の頭ん中はそれしかないのかよ」

「じゃあ、柊の野郎をまんまとやり込めて気分いいとか?」

不意に出てきた柊という言葉に、燎は内心ドキリとした。

「なんで……そこであいつの名前が出てくるんだよ」

「いやなに、あいつが妙に落ち込んでたからさ。お前が原因かと思って」

「! お、落ち込んでたって……どんなふうにっ?」

思わず前のめりになって、楡に尋ねる。

「肩落としてたとか? 溜息吐いてたとか? それとも、哀しそうな顔してたとかっ?」

「別に? なんかそれっぽかっただけ……ってか、なんでそんな嬉しそうに訊くんだよ」

「だって、いいことじゃないか! あいつにも感情があるみたいで」

役に立てた。よかった、で終わってしまうほど感情が希薄な柊にずっとヤキモキしていた燎にとって、柊の感情の発露はとても喜ばしいことだった。

それがたとえ悪いモノだったとしても、感情があることに違いないのだから。

そんな気持ちから、思わず出た言葉だ。悪意も何もない。それなのに――。

「……に、楡?」

突然、楡が大きく目を見開き、顔を強張《こわば》らせるものだから、燎は驚いた。いつも飄々《ひょうひょう》としているこの男が、こんな表情を浮かべたことなど、ただの一度もなかったから。

「いいこと……ねぇ」

声もやたらに低い。それにどこか刺々《とげとげ》しい。なぜそんな態度を取られるのか分からず燎が戸惑っていると、楡は眉を寄せながら顔を逸らした。そして、おもむろに煙草を咥《くわ》えると、

「俺が初めてあいつに話しかけられたのは、三年近く前のことだ」

いきなり、何の脈絡もなくそんなことを言い出した。

「用があって、木口さんの部屋に行くとさ。あいつがパイプ椅子に座って、首を傾げてるんだよ。こいつ、また何変なことやってんだって思ってると、あいつが俺を見るなりこう言うんだ。ちょっと、この椅子に座ってみてくれないかって」

意図が分からず、楡は無視しようとしたが、柊があまりにも真剣な顔で食い下がってくるものだから、しかたなく座ってやった。すると、柊はこう聞いてきた。

「『日差し、暑くないですか』」

「……は？」

「他にも、眩《まぶ》しくないかとか、この位置から席に座った木口さんは見えるかとか」

そこまで聞いて、燎は息を詰めた。ようやく、柊が何をしていたのか分かったからだ。

「あの日、俺と坊ちゃんは同じ色のスーツ着てたんだよな。だからあいつ、話したこともな

い俺に話しかけて……馬鹿だよな。たかが椅子置くだけのことに、そこまでやるなんて」

「そ、それ……」

「そんな馬鹿に感情がないなんて、俺は思わない」

煙草に火をつけながら、楡はきっぱりと言い切った。

「表情が動かなきゃ不満か。人間じゃねぇ、ロボットってか？　だから、あいつに何されても礼の一つも言わないし、悪いことしても謝らなくていいって？」

「違う！　俺は、ただ……その……」

「酷いこともいっぱい言ってるそうだな。電話番もできない無能だの何だの……それもあれか？　あいつの落ち込む顔見たくてわざと言ってるとか？　そんで、あいつが泣き叫んだら、頭撫でて褒めてやるのか？　ようやく人間っぽくなったな。偉い偉いって」

「違うって言ってるだろっ！　だって、あいつが……あいつが……っ」

わざとではない。傷つけたいわけでもない。大事に思ってくれているのも分かる。

だが、「あなたになんと思われようが、どうでもいい」と言われたり、平気で縁を切ろうとされたりすると、ついカッとなって、自分でも驚いてしまうほど酷い言葉をぶつけてしまうのだ。それでも、柊は全然無反応だから、「燎の役に立つ」という自分の目的さえ果たせれば、後はどうでもいいのかと余計やるせなくて、腹が立って……。

「お前に何が分かるっ？　あんな自己完結しまくった感情ぶつけられる俺の気持ちがっ」

いくら倒れるほど大事にされても、お前の気持ちなんかいらないと言われたら辛《つら》いだけだ。

そう言って、震える唇を噛みしめる。すると、楡が溜息交じりに苦笑した。

「……なんだよ」

「別に？　ただ、さ。そう思ってんなら、もっと建設的なこと考えたら？」

建設的？　燎が首を傾げると、楡は紫煙を吐きだしながらこう言った。

「前から思ってたけど、坊ちゃんはあいつのことばっか考えて、自分のことは一切考えないよな。それやめろよ。他人のことばっかり考えたって、不毛なだけだぞ。何がどうであれ、結局最後には自分の気持ちで物事決めるんだ。だったら、まずは自分のことをはっきりさせといたほうがいい」

「はっきり……って」

「つまりさ。そんなにあいつが欲しいんなら、いい加減素直になったら？」

一瞬何を言われたのか分からなかった。だがしばらくして、どうやら燎が柊に惚れてる的なことを言われたのだと思い至り、燎は顔を真っ赤に染めた。

「な、何馬鹿なこと言ってんだっ」

思わず声を荒げてしまった。自分が柊に惚《ほ》れてる？　冗談じゃない。

柊は男ではないか！　それに、誰があんな……無愛想で訳の分からない、仕事の一環で人を抱くような無神経野郎なんかに！　と力説しようとしたが、さっきまでそこにいたはずの楡の姿がない。好き勝手言うだけ言っていなくなるなんて、なんと失礼な男だ！　怒りで拳《こぶし》を震わせる。その時、ポケットに入れていたスマホが震えた。見ると木口からのメールで、仕事終わりに秘書室に寄ってほしいという旨が記されていた。

木口からの呼び出しなんて、ろくな内容じゃない。だが、燎は秘書室に寄ることにした。放っておいたら後が怖いから……決して！　秘書室には柊がいるからとか、そういうわけではない！　と、自分に言い聞かせて。

夜、仕事を終えて秘書室を訪れると、柊がいつものように席を立って会釈してきた。そして、「お疲れ様です」と声をかけてきたので、燎ははっとした。

「？　何か」

「え……いや、別に？　それよりお前、身体の調子どうだ。無理してないか」

この三年間、こうして声をかけられたことなど一度もなかっただけに、「お疲れ様」と声をかけられて思わず感動してしまった、などとはとても言えず、燎は強引に話を変えた。

「おかげさまで、すっかりよくなりました。ありがとうございます」

「そうか？　確かに包帯は取れたみたいだけど、無理は駄目だぞ。まだ本調子じゃないんだから、木口にもちゃんとそのこと伝えて……」

「木口といえば、言《こと》づてを申し遣っております」

燎から逃げるように顔を俯け、柊がそう言ってきた。

「木口？　ああ、そういや木口はどこだ。人を呼び出しておいていないとか、失礼……」

言いかけて、燎は喋るのをやめた。いや、喋ることができなかった。

素知らぬ顔で、自分に見合い写真を差し出してくる柊を前にしては。

「言づかって参りました。あと、こちらのメモを」

立ち尽くしている燎に見合い写真とともに、明日の見合いの場所、日時が記されたメモを無造作に押しつけ、柊は背を向けた。

その背中は、ただ自分から離れて、デスクに向かっただけだというのに、ずいぶん遠くへ行ってしまったように感じられた。

だから、その光景から逃げるように、燎は押しつけられた見合い写真に目を落とした。

木口は美人だと言っていたが、確かに美人だ。この美人のご機嫌取りをするだけで、美味《うま》い飯が食えて、高級ホテルのスウィートにも泊まれる。普通に考えればラッキーだ。

しかし、それとは別の感情が込み上げてくる。しかもそれは全部、目の前の人物に起因しているのは明白で。

ばたんっと大きな音を立てて、燎は乱暴に冊子を閉じた。

「お前、これの中身見たのか」

見合い写真を突き出し、デスクに着いてキーボードを叩き始めた柊に尋ねる。すると「いいえ」という端的な答えが返ってきた。しかも、

「他人のプライベートを、みだりに見るようなことは致しません」

神経を逆撫でさせるような言葉も付け加えて。

「……へぇ、そりゃぁ残念だ。お前、美人を見損ねたぞ」

口が、また勝手に動き出した。

「まぁもっとも？　この美人の相手は俺だけどな。羨ましくてしかたないだろ？　お前みたいな、愛想笑い一つできない社会人失格野郎には、こんな話絶対来ないんだから」

誰か、この口を止めてくれと思った。

「可哀想《かわいそう》な奴だよ。お友だちは腹黒眼鏡と女たらしだけなんて。それで人生楽しいんだか」

このくだらないことばかりまくし立てる口を、何してもいいから塞《ふさ》いでくれ。そう思った。

だが、柊は顔を俯けるばかりで、何も言い返してこない。

「……なんだよ。言い返さないのか」

いつものように、的外れ極まりない反論をすればいいではないか。襲いかかって黙らせればいいではないか。だが、今日のこの男は沈黙するばかり。

「なんで、言い返してこねぇんだよ」

思わず、もう一度同じ質問を繰り返した。けれど、

「言う必要がありません」

ようやく漏れた言葉は、寒気がするほど無機質な口調だった。

「単なる目付役でしかない私が、口出しするようなことではないので」

「……っ」

「ただ、個人的意見を申し上げるなら……お受けになったらいいと思います。美しい女性と結婚して、温かな家庭を作る……とても、幸せなことです」

つい先日、自分とあんな休日を過ごしておいて、平気でそんなことを言う。

分かっている。この男は、燎の役に立つことしか頭になくて、燎と仲良くなりたいという発想さえない。だから、燎が誰と付き合おうが結婚しようが、どうでもいい。

……分かっている。分かっているのだ。けれど――。

「煩《うるせ》ぇよ。お前に……お前なんかに、俺の何が分かるんだよっ」

手負いの獣のように、燎は柊に噛みついた。

「俺の幸せを勝手に決めるなっ。てか、結婚して子ども作るのが幸せ？　何時代の人間の発想だよ、かび臭《くせ》ぇったらねぇ！」

「……あなたには、結婚願望がないのですか？」

「ある訳ねぇだろ！　そもそも、俺は見合いだなんて形式ばったもんは嫌いで……っ」

「そうですか。では、行かなければいい」

「ああっ、行かねぇよ！　誰がお前の勧める見合いになんか……あ」

真っ赤な顔で怒鳴り上げていたが、途中ではっとした。

「承知いたしました。では、明日は真っ直ぐご自宅にお戻りになるのですね」

柊に淡々とそう確認され、燎は口をあんぐりさせた。

しまった！　なぜ、自ら行かない宣言をしてしまったのだ！

（こいつに「行くな」って言わせなきゃ意味ない……って！）

待て待て。いつからそういう趣旨になった？

「ああぁ、落ち着け！　俺。きっと寝不足のせいだ」

「寝不足ですか？　いけませんね。仕事に差し支《つか》えます」

「あぁっ？　誰のせいだと……っ！」

そこまで言いかけて、燎は慌てて口を塞いだ。お前のことを考え過ぎて夜も眠れないなんて、絶対言いたくない。

ものすごく不自然な態度を取ってしまったというのに、柊は何も追及してこようとしなかった。ただ、燎には目もくれず、黙々とキーボードを叩いている。

そんな柊を見ていると、立ちっぱなしでいる自分が滑稽に思えてきて、燎は空席になっている木口の椅子に腰掛けた。

背もたれながら、じっと柊を見遣る。木口は燎の目付役になってから、柊は失敗ばかりしているとしていたけれど、それをまるで感じさせないほどに隙《すき》のない動きだ。動作が一々機敏で全く迷いがない。表情も波一つない水面のように静謐《せいひつ》としている。それらが混ざり合って、実に浮き世離れした禁欲的な風情を醸し出している。まるで、自分とは違う世界の住民のような……そう思うと、なぜだろう。ちくりと胸が痛んだ。

（お前、何も……欲しいモノないのか？　俺からは何も……）

「コーヒー美味しかった、ありがとう」という言葉も、とりとめのない会話も……目を合わせることさえも、この男には必要のないものなのか。

「なぁ……」

「何です」

「……いや」

何か欲しいモノないか？　すんでのところでその言葉を飲み込む。その時。

「構って欲しいんですか」

「！　ば、馬鹿っ。誰がお前なんかに……っ」

「冗談です」

「……は？」

「冗談を言って、愛想を出してみました」

慌ててまくしたてる燎にしれっとそう答える。その態度は、燎の神経を逆撫でするには十

たのだが――。

柊なんか知らない。木口も見合いも何もかも知らない！　本気でそう思った……はずだっ

澄まし顔で人のことをコケにして！　もう……何もかもうんざりだ！

鼻息荒く言い捨てると、燎は秘書室を後にした。

「お前ムカツク！」

分すぎるもので、

「はじめまして、多岐川燎です。本日は、よろしくお願いします」

（……あれ）

見合い相手の玲子に優雅にお辞儀してみせながら、燎は内心首を傾げた。

なぜ、今自分はこんなところにいるのだ？

見合いには興味ないし、来る気だって全くなかった。それなのに、なぜ？

猛烈に考えた。けれど、目の前にいる目鼻立ちの整った華やかな美人を見ているうちに、

こう思えてきた。

（俺はきっと、この美人が気になったから、のこのここへ来たんだ。……うん、そうだ）

そういうことにしておこう。と、無理矢理結論づけて、玲子と二人で席に向かった。

玲子との食事は笑いの絶えない、ひどく和やかなものだった。

玲子が意外によく笑う気さくな女性だったから？　いや、きっとそうではなくて——。

「またそんな……ふふ。私、ここに来るまですごく緊張してたのに、多岐川さんのおかげですっかりなくなっちゃいました」

「いえ、私も初めてで緊張していたんですが、あなたのような人が相手でよかった」

顔には自然と笑みが浮かび、相手を喜ばせる言葉がさらさらと口から出てくる。それに、相手は気分良く笑って……そう、これだ。

これが本来の俺だ、と頭のどこかで思う。常の自分だったら、こうやって相手に笑顔を振りまいて、気を遣って、笑わせようと努力するはずなのだ。

それがたとえ、今のように全く興味のない……「望みどおり、イケメンと見合いができて満足か？　お嬢様」と胸の内で思うような相手でも。

と、ここまで考えて、自分のひねくれた思考回路に舌打ちしたくなった。

ああ……一体いつから、誰に対してもこんな穿《うが》った見方しかできなくなってしまったのか。

正確には分からないが、おそらく割り切った頃からだと思う。

自分に近づいてくる人間は、「多岐川律の息子」という肩書や人並み以上の容姿ばかり見て、自分のことなんて何一つ見てくれない。それに一々腹を立てていてもキリがないし、どうしようもない。だから慣れて適応しようと思った、その時から。

それからの自分は、実によく適応したと思う。ニコニコと愛想良く、相手がどんなに見え透いたお世辞を言おうが気にしない振りでやり過ごして……それだというのに、柊だけにはどうしても駄目だった。あの男と対峙《たいじ》した時はいつだって、怒鳴って、罵るばかりだ。

罵るのは嫌いだ。相手を傷つけるだけでなく、罵れば罵るほど自分の品位を下げるような感覚を覚える。

だから、柊を罵った後はいつも胸くそが悪くなり、自分が嫌になった。

それなら、ただ無視すればよかっただけのはずなのに、どうしても無視できない。

今もそうだ。こうして、美人と食事を楽しんでいるというのに頭の中は、と思った時だ。

「失礼します」

賑《にぎ》やかな店内の雑音と、優しげな女の声の間から不意に届いた、響くような重低音。

五感で感じ取っただけで、一瞬血の巡りが止まったような錯覚を覚える。

「お話し中のところ、お邪魔して申し訳ありません」

冷たい機械的な口調が再度語りかけてきたから、ゆっくりと振り返る。

「この席をセッティングした木口の部下で、柊宗一郎《そういちろう》と申します」

浮《うわ》ついた店内には場違いな、ストイックな空気を纏《まと》わせて、隙のない動きで会釈してみせる柊の姿があった。

「あ……そうですか。木口さんの……」

「はい。このたびは、このような席を設けていただき、ありがとうございます。それで……申し訳ありませんが、多岐川をお借りしてもよろしいでしょうか」

そろりと言われたその言葉に、燎は息を詰めた。もしかして、この見合いを妨害しに来たのか？　胸が言いようもなく高鳴る。けれど……。

「急ぎの仕事の件がございまして」

いつもの取り澄ました無表情で、淡々とそう告げられる。

仕事……それはつまり、木口に言われてここへ来ただけということ。

そう悟った瞬間、燎の熱く高鳴っていた心臓が、一気に冷えた。

「……断る」

柊を睨みつけ、吐き捨てるように言うと、燎は柊に背を向けた。

「俺は今、見合いをしてるんだ。急用くらいお前らで何とかしろ」

「…………」

「分かったら、とっとと消えろ。目障《めざわ》りだ」

こんな言動、見合い相手がいる前で非常識だと、よく分かっていた。

だが、殴りかからなかっただけ、燎にとってはすさまじいぐらいの譲歩だった。

「多岐川さん……あの、私は大丈夫ですから、いいんですよ？　別に……」

戸惑い気味に話しかけてくる玲子に、燎はにっこりと笑った。

「いいえ。あなたを置いて行けるわけないですよ。それより、無礼を許してください。常識を分かっていない困った奴で……っ」

言いかけて、燎は話すのを止《や》めた。柊に痛いくらい強く腕を掴まれたからだ。

「無礼は承知です。おいでいただけますか」

そう言ったかと思うと、さっと踵を返し、燎の腕を掴んだまま歩き出す。

「えっ……お、おいっ」

突然の行動に燎はろくな抵抗もできず、されるがままに柊に引きずられて行ってしまった。

その様子をぽかんと眺める玲子だけが、一人席に残された。


燎の腕を掴んで振り返ることなく、柊は先へ先へと進んでいく。

「おい……おいっ！　どこ行く気だ？」

柊は答えない。ただ前へと進んでいく。それに燎は焦《じ》れて、「いい加減にしろっ」と、柊の手を振りほどいた。それでようやく、柊の歩みが止まった。

「お前、何しに来たんだ」

燎が吐き捨てた途端、柊の肩がびくりと揺れた。まるで燎の言葉に打ち据えられたように。

「何を、しに……」

「そうだよ。彼女は大手企業の令嬢なんだぞ？　これで機嫌を損ねたらどうす……」

「仕事に、決まっているでしょう」

いつもより早い口調で、柊が燎の言葉を遮る。

「私は……役目を果たしに来ただけです。あなたを、速やかにご自宅にお送りする役目を」

「……はぁ？」

意味が分からなかった。

「何言ってんだ。それは、俺が夜遊びした時の話だろう？　今はそういうんじゃ……」

「しかし、あなたは昨日、『見合いには行かない』とおっしゃった」

間髪入れず返されたその言葉に、燎ははっとした。

「『行かなければいい』と言った私に、あなたは『行かない』と答えた。あれは嘘ですか」

「あ、あれは……別に、嘘じゃ……ない」

燎には、嘘を吐いたという自覚がなかった。確かに今、こんなところに来てしまってはいるが、あの時は行く気なんて全くなかったのだ。

「では、なぜ今ここに、あなたはいるんです」

振り返りもしない背中。どこまでも温度が感じられない冷たい声。

それがまたやるせなくて、悔しくて……。

「……煩い。んなの、お前が……お前が悪いんじゃないか！」

気がつけば、その憤りを吐き出すように、

「『行かなきゃいい』だの『仕事』だの、取り澄ましたことばっかり並び立てて……お前が一言、『行くな』って言えば、俺だってこんなとこ来たりしなかったっ」

思わず、そう吐き捨てていた。それに対し、柊は何も言わない。微動だにしない。

こんな時でさえ、この男は無反応なのか。やるせなくて、燎が唇を噛みしめた時だ。

「……くく」

突然耳に届いた、乾いた嗤い声。

「ははは……来なかった？　私が『行くな』と言えば来なかっただ？　ははは」

しきりに嗤う。全身を震わせて……そうまるで、完全に壊れてしまったロボットのように。

「……ひ、柊？　……っ！」

燎は声を詰めた。勢いよく振り返ってきた柊が、突如摑みかかってきたからだ。

「何だ？　これは」

燎の上着から抜き取ったカードキーをかざし、柊が低い声で尋ねてきた。その顔には――。

「見合いをするだけなのに、なんで部屋を取る必要があるんだ」

「あ……そ、それは……っ」

どう猛な笑みに気圧《けお》されて、一瞬言葉に詰まった。すると、柊がますます笑みを深める。

「これからあの女と犯《や》る気だったくせに、デタラメを言うな。……お前は、俺が『行くな』と泣いて縋《すが》ったって、ここへ来てたよ。そうして、後で俺に自慢するんだ。『あの女の具合は最高だった。羨ましいだろう』ってな」

「ちが……違うっ」

あまりの言葉に、燎は声を荒げた。

「お前、俺をどんなクズだと思ってんだっ。これは、俺一人が泊まるだけのもので……っ」

「へぇ？　お前一人がここに泊まるための……」

「そうだ！　だから、お前は勘違いして……っ」

「目付役の俺に、一言の断りもなくか」

間髪入れず返された問いに息を飲む。

「『真っ直ぐ家に帰る』というお前の言葉を信じて、お前の家で待ってた俺に何も言わず、このホテルに泊まる気だったと？」

「あ……そ、それは、その……」

確かに、柊の言うとおりだ。玲子と泊まる気がなかったにしても、柊に一言もなく外泊するなんて酷いことだ。そんなことをすれば、この生真面目な男は死ぬほど心配して、燎を探し回ると容易に想像できるのに……それなのに、自分は――。

自分の気持ちが分からなくて、その場に立ち尽くす燎を見て柊は両の目を細めた。そして、

「いっ！」

腕に痛みを覚える。見ると、柊の手が燎の腕を軋《きし》むほど強く摑んでいるのが見えた。

柊が再び燎の腕を引いて、ずかずかと歩き始める。どこへ行く気だ、離せ、といくら言っても聞いてくれない。

そのうち、柊はとある部屋の前で立ち止まった。燎から奪い取ったカードキーを使ってドアを開ける。それを見てようやく、ここが今夜自分が泊まる部屋だと思い至った。

瞬間、部屋に押し込まれ、唇に嚙みつかれた。

「んんっ？　な、に……ぁ、……やっ」

首を振り、両手を突っ張って柊から逃げようとした。すると、壁に身体を乱暴に押さえつけられるとともに、喉《のど》まで締め上げられる。燎は振り解《ほど》こうと必死にもがいたが、

「こうされたかったんだろう？」

口の中で囁かれた声音に、ぞくりとした。

「俺におしおきされたくて、こんなおいたしたんだろう？」

あの声だ。内から浸食してくる深い重低音。

それが鼓膜を揺さぶった途端、なぜか身体が動かなくなってしまった。すると、ますます強く抱き締められる。骨が軋むほど無遠慮に……その感触に、胸がじくりと疼《うず》いた。

「ぁ……んんぅっ、ふ……うっ」

たかがキス一つで、こんな声を出して、こんなに感じて……ああ。

「おい……まさか、感じてないよな？」

揶揄《やゆ》されるように耳を舐め上げられても、言い返すどころか身を捩《よじ》らせることしかできなかった。それほどに身体は火照《ほて》り、熱を帯びていた。

だから、さらに強く押さえつけられて、両足の間に身体を割り込まされただけで、女のような声が漏れてしまった。

「いいのか？　俺にこうされて」

下半身の変化を思い知らされるように腰骨で股間《こかん》を擦《こす》り上げられ、耳たぶを噛まれる。

「あ……んん……ち……ちが……は、ぁっ」

「そうだな。……そんなわけ、ないんだよな」

「あぁっ」

いきなり首筋に噛みつかれたかと思うと、音を立てて、きつく吸われる。

その甘い痺れに、全身が震える。それから逃げようと身を捩れば、いつの間にかシャツの中に忍び込んできた指先に、胸の突起をつねられて――。

感じてはいけない。声を出してはいけない。頭では分かっている。

だが、できたことといえば、柊の頭を摑んで、硬質な黒髪を力なく引っ張ったくらいだ。

「あ……ん、ふっ、や……だ」

素肌が、どんどん暴かれていく。

上着を脱がされ、シャツのボタンも全部外されて、燎の白い素肌に柊の舌が這《は》う。

首筋、鎖骨、胸……と、舌はどんどん下がっていく。時には歯を立て、時には吸い上げて。

そのたびに反応し、嬌声《きょうせい》を上げる燎を見上げ、柊はわずかに視線を細めてみせながら、ベルトに手をかける。

ベルトが外され、ズボンを下着ごと脱がされる。途端、すっかり勃《た》ち上がった燎の自身が勢いよく飛び出した。それに、柊は薄く嗤ったかと思うと、

「あ……んんっ？」

下肢に覚えた感触に視線を下げ、燎は驚愕した。柊が燎の自身を口に含んでいたからだ。

「あっ……おまっ……何して…っ」

柊は答えない。跪《ひざまず》いて口に含んだ燎の自身に舌を這わせるばかりだ。

抵抗はないのか？ 跪いて男のモノを銜えるなんて。そう言おうと思った。だが、それは言葉にならなかった。それより早く、秘部に指を突き入れられたからだ。

「！ そん、な……あっ……そこ、……やっ」

侵入してきた指は、無遠慮に内部を掻き回してくる。だが、痛みは感じない。前を嬲られる愛撫《あいぶ》があまりにも強烈過ぎて――。

「ぁ……ん、く……ゃ、やめて、く……ぁっ、それ以上……され、たら……」

「達《い》けよ」

くぐもった声が、湿った水音とともに聞こえてくる。

「ゃ……そ……そんな、こと……でき、なっ」

「そうか?」

優しく問われたと同時に歯を立てられ、強く吸われる。

「ああっ」

身体が大きく弓なりに仰《の》け反《ぞ》る。と同時に、燎は柊の口で達ってしまった。

「はぁ……はぁ……ぁあっ」

弛緩《しかん》していた身体が跳ねる。下肢に埋め込まれた指が増え、弱い箇所を執拗《しつよう》に攻め始めたからだ。すると、射精したばかりだというのに、燎の自身はみるみる勃起《ぼっき》していく。

身体の熱も全然引かない。それどころか、何かを期待するように腰がもどかしげに揺れる。

自分の身体は、どうなってしまったのだろう。

今まで感じたことのない熱に魘《うな》され、戸惑いながらそう思った時だ。

「淫乱《いんらん》」

耳に届いた、冷ややかなその言葉。

「男に犯されて、ここまで感じるなんて」

みっともない。そう吐き捨てられた言葉は、容赦なく燎の胸に突き刺さった。

「お前……俺に目付役を辞めるなと言ったのは、コレが目的か。男に乱暴に抱かれるのが案外良くて、病みつきにでもなったか」

「あ……ち、ちが……」

「はっ。そんな格好して、物欲しそうに腰を揺らしておいて、何が違うっていうんだ」

そう言われ、思わず下を見る。ほとんど裸に近い、あられもない格好。おまけに、ついさっき柊の口の中に出したというのに、秘部を弄《いじ》られただけで、簡単に勃起して――。

こんな自分を、柊はみっともない淫乱だと思った。目付役を辞めるなと言ったのも、ただ男に犯されたくて言った、ふしだらな男……メスだと思った。

そう思った途端、強烈な羞恥《しゅうち》と嫌悪感が全身を包み込んだ。視界が歪《ゆが》む。吐き気がする。

「あ……あ……」

鼻の奥がつんと痛んで、涙が止めどなく溢《あふ》れ出てくる。こんなことをしたら余計にみっともなく思われると分かっているのに、どうしても止まらない。

「見る、な。俺を……俺を見るなっ」

涙でぐしゃぐしゃになった顔を必死で隠しながら、燎は震える声で叫んだ。

「嫌いだ、お前なんか……お前、なんか……いなくなれ。消えてなくなっちまえっ！」

それは、ほとんど悲鳴だった。だが、柊は何も言わない。身動き一つしない。無表情で、燎を凝視してくるばかりだ。それが余計に居たたまれなくて、燎は唇を噛みしめた。その時。

「……どうしたら、いい」

掠れた声が、耳に届く。顔を少し上げてみると、柊と目が合った。相変わらずの無表情だったが、その瞳は忙しなく揺れていた。

「俺は……俺は一体、どうしたらいい……」

普段の機械のように無機質な口調からは想像もできない、ひどく不明瞭《ふめいりょう》な声で柊が呟く。

「こんな俺でも、そばにいろと言ったのは、お前じゃないか。ただの目付役として、おしきしようが、襲いかかってもいいから……そばにいろと」

「そ……れは……」

「消えろと言うなら……すぐ消える。俺も……そうしたい」

柊が、一歩後ずさる。

「もうこれ以上、お前を……傷つけたくない」

柊の口から漏れ出たその言葉に、燎は耳を疑った。

傷つける。そんな概念は、この男の中には存在しないモノだと思っていた。

この男は感情がどこまでも希薄で、人の心も分からなくて……だから、平気で燎が傷つく言動を繰り返して、そのたびに燎が傷ついても、認識さえしていなかったのでは……?

そんな燎の胸の内が分かったのか、柊は歪《いびつ》に両の目を細めて、

「知っていた。俺に暴言を吐くたびに、お前が一々……傷ついていたこと」

ぽつりと、そう呟いた。

「俺が知っている多岐川燎は、気高く……優しい男だ。どんなに嫌いな人間相手でも礼を尽くすし、暴言を吐けば、良くないことをしたと己《おのれ》を恥じる。だから、俺に当たるお前はいつも辛そうで……痛々しかった。自分で、自分を傷つけて」

「お……お前……」

「そんなに辛いなら、俺なんて放っておけばいい。それなのに、お前は俺に当たることをやめない。いや……やめられない。それは……それはひとえに……それだけ俺が、嫌で……憎くてしかたないんだろう？」

……嫌？　……憎い？　今、そう言ったのか？　この男は。

「そうだよな。ゲイでもないお前を犯して、出頭してお前を犯したことを公にすると騒いで、監禁して……憎まれて当然だ。それでなくても、俺は……電話番もできない能なしで、愛想笑い一つできない社会人失格野郎で、お前を傷つけるようなことしかできなくて……っ」

そうまくしたてる柊に、燎は瞠目《どうもく》した。

ついカッとなって柊にぶつけてしまった暴言の数々。我ながら酷い言葉だと思ったが、柊が顔色一つ変えないから、柊は特に気にしていないのだと思って、謝りも訂正もしなかった。

だが、ここまで一言一句正確に覚えているということは……。

お前に何と思われようが、どうでもいい。その言葉を、額面通り受け取っていた。

柊は燎の役に立つこと以外眼中になくて、燎の心はどうでもいいのだと。けれど、本当は、

「俺に何と思われようが、どうでもいい……そう思わなきゃ、耐えられなかったのか」

訊いても、柊は何も答えなかった。だが、普段恐ろしく感情表現に乏しいこの男の顔が、ひどく苦しげに歪んだのを見れば、一目瞭然だった。

燎が心ない言葉をぶつけるたびに、この男は深く傷ついていた。そう思い至った瞬間、燎の脳裏に色んな光景が蘇った。

燎を強姦しようとした連中を蹴りつける姿。燎に名前を呼ばれて我を忘れたと言った時の、忙《せわ》しなく揺れていた瞳。燎がコーヒーを飲んだ時の反応が逐一書かれていたメモ帳。

そんな男が、燎に悪口など言われようものなら――。

(もしかして、あんなに無反応だったのは、ショック過ぎて茫然自失《ぼうぜんじしつ》になってたのか……?)

そう思うと、胸がざわざわと落ち着かなくなってきた。そんな燎に柊は静かにこう告げる。

「俺が、傷つくのはいい。嫌われても、憎まれても……お前の、役に……少しでも立てれば、それでいいと、思って……それなのに、俺がお前にしたことは全部無意味で、ただお前を傷つけただけで……なのに……俺は、お前がしてくれる気遣いが、嬉しくて……嬉しくて」

一瞬……何を言われたのか、分からなかった。

「お、前……俺がお前にしたこと、嬉しいって……思ってくれていたのか?」

震える声で、聞き返す。柊は、小さく頷いた。

「バーの客に、絡まれているところを助けてくれたこと。俺が辞表を出したと聞いて、仕事を放り出してまで、様子を見に来てくれたこと。名前を呼んでくれたこと。看病してくれたこと……全部、全部、本当に……嬉しかった」

噛みしめるように言われて、燎は身を切られる思いがした。

燎が柊のためにしてきたことを、柊は嬉しいと思ってくれていた。それなのに、

「それが、単なる同情で、嫌々だと……分かっていたのに」

柊は、そんなふうにしか受け取れなかった。

燎がこれまで、柊に対して好意や感謝を一切伝えず、罵声《ばせい》ばかり浴びせてきたから。

「それでも我を忘れて、抱き締めずにはいられなくて……けど、お前はゲイじゃなくて、吐くほど嫌で、分かってるのにやめられなくて……だから、お前に止めてもらうしかなくて」

だからさっき、わざとあんな酷いことを言ったのか。燎に強く拒絶してもらうために。

「もう、自分じゃ……どうしようもないんだ。喉を潰して、両腕を切り落としでもしないと……そうだ」

焦点の定まらぬ瞳で譫言《うわごと》のように呟いていた柊が、ふと目を輝かせた。

「そうしよう。……そうすれば、もう二度とこんなことしなくて済む。お前を傷つけずに済

む……っ」

嬉々《きき》として語っていたが、絶句している燎の顔を見た途端、柊は言葉を詰まらせ、息を飲んだ。そして、また自分は何か間違ったことを言ってしまったと思ったのか、こっぴどく叱られた子どものような顔をして、

「……なぁ、俺はどうしたらいい？」

呆然と、震える声で、さっきと同じ問いを繰り返す。そんな柊に、燎は胸が詰まった。

ずっと、柊が感情をむき出しにするところを見たいと思っていた。そうすれば、まるで見えない柊の心の中が見えると思ったから。

自分は、柊のこんな姿が見たかったのか？　精悍《せいかん》で男らしい容姿のこの男が、ここまで滑稽に取り乱し、嘆き悲しむ……ボロボロに傷ついた姿を！

「俺、は……お前を、傷つけることしか、できないから……すまない。最初から、分かり切ったことだったのに、余計なことをした……駄目で馬鹿で、無能な俺を……っ」

その場に立ち尽くし、執拗に自分を貶《けな》し続ける痛々しい男を、燎は力の限り抱き締めた。

「……ごめん。許して……許してくれ……っ」

自分は、知っていたはずだ。この男は自分を、人に迷惑をかけることしかできない役立たずだと思い込んでいる、自己評価の著しく低い……心根の優しい男だと。

それなのに自分は、そんな男を欺き、罵った。柊の本音が知りたくて、柊の気持ちを確か

めたくて、柊が自分の望むモノを与えてくれないことに腹を立てて、何度も何度も――。

その暴言の全てを、この男はそのまま受け取ってしまった。けれど、燎の気持ちを無視してまで、自分の気持ちを押し付けることもできなければ、人を恨むこともできないから、その場に立ち尽くして、自分だけを責め続けて……こんなにも、傷ついてしまった。

「俺のせいだ。お前をここまで追い込んだのは、全部俺の……っ」

「何、を……言って……」

「俺はっ……お前のこと、ずっと試してた」

柊の言葉を遮り、燎は続ける。

最初は、柊からの好意を信じていなかった。どうせ今までの連中と同じ、「多岐川律の息子」という肩書や燎の外見目当てなのだと思い、わざと気づかぬ振りをして、無視してきた。

しかし、柊の態度はずっと変わらなかった。何の見返りがなくても、燎に美味しいコーヒーを出し続けてくれた。

「俺に優しくしても、俺に何にも求めない。そんなお前の気持ちが嬉しかった。温かかった。だから、お前のコーヒーを飲むために秘書室に行って、残業の時は寝た振りして」

「！　お前、上着のこと……」

「知ってた。上着脱いで、お前のことずっと待ってた。……嬉しかったんだよ。お前にあんなふうに大事にされて、俺はすごく……嬉しくて、幸せだったんだ」

打算まみれの好意と敵意に疲れ果てていた自分にとって、柊がくれる無償の愛はとても尊いもので、救いだった。

それなのに、いつからだろう。その無欲さが、嫌になってしまったのだ。

「お前に目を合わせて欲しかった。話しかけて欲しかった。俺を……いっぱい、求めて欲しくて、それしか頭になくて、それくらい俺は……っ」

ここで、燎は言葉を切った。ここまで来てまだ、あの言葉を口にするのが怖かったのだ。

自分も柊も男で、言ってしまえば後戻りできなくなって……と、打算的な思考が頭の中をグルグル回る。だがその中で、鮮明に燎の心に響いたのは、昨日楡に言われた言葉だった。

——何がどうであれ、結局最後には自分の気持ちで物事を決めるんだ。

そうだ。世間体《せけんてい》だの、普通じゃないだの……結局、どうでもいいのだ。

ここまで傷つけておいて、まだこの男を欲しがっている、欲深い自分にとっては。

——そんなにあいつが欲しいいんなら、いい加減素直になったら？

(ああ、欲しいよ。だから、俺は……)

「お前が……好きだ」

大きく息を吸い込み、思い切って口にした。

途端、しがみついていた柊の身体が滑稽なほどに震えた。

顔を上げてみる。そこには、大きく目を見開いた柊の顔があった。

まるで、燎に好かれていただなんて、夢にも思っていなかったような驚きようだ。

「い……今、なんて……」

震える唇で聞き返されるとともに、身を引かれる。今更そんなことを言われても、と拒絶するつもりなのか。そう思った燎は、柊を逃がさぬよう両腕を摑んで、訴えた。

「好きだ。お前のこと、すごく……だから、お前の心が欲しい。俺のそばにいてく……んっ」

決死の告白だったのに、途中で言葉を取り上げられた。

「ぁ……んんぅ……ひぃら……ふ、ぅ……っ」

どうやら、柊はまた我を忘れたらしい。吐息まで奪われるようなキスをされ、苦しいほどに身体を掻き抱かれる。

そんな柊に、燎も懸命に応える。自分はこんなにも好きだと、柊に分からせたくて。

夢中で舌を絡め、広い背に必死にしがみつく。すると、口の中で笑う気配がした。

「……物好きだ」

掠れたその呟きに目を開き、はっとした。

「こんな男に……お前は、どうしようもない物好きだ」

柊が微笑《わら》っていた。少し困ったような、苦しそうな……けれど、ひどく嬉しそうな笑みで。

その表情のあまりの柔らかさに、胸の奥がぎゅっと締め付けられる。

（ああ……お前、なんて顔して微笑うんだ）

そんな可愛い笑顔を見せられては、自分は……と思った時、片足を抱え上げられた。

「ひいら……ああっ……ん、ふぅっ」

強引に挿入され、声を上げそうになったが、声が上がる前に柊の唇で口を塞がれたため、声が外に漏れることはなかった。

挿入の痛みを忘れさせるような、苦しくも甘いキスをされる。

そのキスに、燎は自分の舌を惜しげもなく差しだした。

自分からも応えるキスはどこまでも甘くて、気持ち良くて、身体から全ての力を奪い取っていった。柊に対する抵抗、強がり、拒絶……それらすべてが掻き消され、残ったのは、

「ぁあ……ひい……ぁ……ひい……ら……ぎ」

柊が欲しいと乞《こ》う欲求ばかり。

燎はその衝動に突き動かされるまま、柊に必死にしがみついた。そのせいで刺激がさらに深くなって、身体の最奥まで駆けめぐっていった。そして、ある瞬間。

「……くっ」

柊が唇を離して、耳元で呻いたかと思うと秘部に今まで感じたことのない刺激を受けて、

「……ああっ」

燎は、一気に達してしまった。

放出した気怠《けだる》さで、燎は崩れ落ちるようにその場に座り込んだ。それにつられるように、

柊も燎を抱き込むようにしてゆっくりと座り込んだ。

そうして身を寄せ合ったまま、二人ともしばらく動かなかった。

どれくらい、そうしていただろう。

「……一つ、聞いてもよろしいでしょうか」

ふと、柊が敬語に戻ってぽつりと呟いた。

「先ほど、残業の時はわざと上着を脱いでいたとおっしゃいましたが……それで、風邪を引かれたことは？」

「え？　……ないよ。お前がすぐに、上着をかけてくれたから」

そう答えると、柊が「よかった」と心底ほっとしたように息を吐くので笑ってしまった。

「ここまで来て、一番気になるのがそこかよ。てか、その喋り方……」

「？　どうかしましたか」

「いや、また敬語に戻るのかと思って。……お前、この前豹変《ひょうへん》したのは演技だって言ってたけど、本当はあっちが素なんじゃないか？　普段のは必要以上にかしこまってるだけとか」

そう言うと、柊は「申し訳ありません」と淡々と謝ってきた。

「先ほどは、我を忘れていました。私はどうも、感情が高ぶると素行が悪くなる悪癖があるようで……前回も、演技だと偉そうなことを言いましたが、ただ混乱していただけで」

とてもそうは見えなかった。全く、どこまでいっても分かりにくい男だ。とはいえ、

「まぁ、お前が無理してないならいいよ。あと……お前……俺とこうして話すの、好きか？」

「……それは」

「俺は、好きだよ」

少しの沈黙の後、口を開いた柊の言葉を遮って、燎は言った。自分の気持ちを言わず、こういう質問をするのは卑怯《ひきょう》だと気がついたのだ。

「勿論、全部ってわけじゃない。ついカッとなって、お前に酷いこと言っちまった時なんか、すごく嫌いだ。けど、お前とうどん食べた時の会話は、すごく楽しかった。……俺、お前とあんな感じでいたいよ。一緒に飯食ったり、何でもない話したりさ。だから……」

「あの……すいません。それ以上……喋らないで、いただけますか」

「え……」

「あなたを……殺人犯にしてしまいます」

殺人犯？　意味が分からず、燎は柊の顔を覗き込んだ。すると、柊はひどくむず痒《がゆ》そうに頬の筋肉をひくつかせて、

「それ以上、そのようなことを言われますと、私の心臓が破裂します」

いやに深刻な声音で、そんなことを言う。なので、燎は思わず笑ってしまった。

「はは、何を言うかと思ったら。破裂するわけないだろ？　常識的に考えて……っ」

いきなり後頭部を摑まれたかと思うと、顔を柊の胸に押し付けられる。

心臓の鼓動が聞こえてきた。確かに、びっくりするくらい速い。

「これは……本当だ。もう少しで爆発しそうだな。……分かった。じゃあ、ちょっとずつ言って、徐々に慣らしていこう」

「よろしくお願いします」

冗談で言ったのに、大真面目にそう答える柊にまた笑って、燎は柊の鼓動に耳をすませた。

ああ、やはり自分は……この男がくれる、この温かな感覚が好きだ。

その思いを嚙みしめていると、柊がまた声をかけてきた。

「……これから、どうなさいますか」

燎は少し考えたが、「帰る」と小さく返した。すると、柊は燎からわずかに身を離した。

「分かりました。……では、先にお帰りになってください」

「お前は……帰らないのか？」

「私は、先ほどの女性に謝罪してから帰ります」

その言葉に、燎は慌てて顔を上げた。

「い、いや……それは、俺のすることだよ。見合いするって言ったのは俺なんだから……っ」

「あなたがここへ来たのは、私のせいなのでしょう？」

だったら、私が謝ります。燎をぎゅっと抱き締めそんなことを言う。そんなものだから、
燎は顔を真っ赤にして頷くことしかできなかった。だが、かろうじて、

「分かった。け、けど……帰らないで……お前を、待ってるよ」

一緒に帰ろう？　柊の腕を摑み、そう付け足すことができた。

その言葉に、柊はすぐには返答しなかった。しかしふと、一つ大きな息を吐いて、

「徐々に慣らすと、言ったそばから……嘘吐きな方です」

ぼそりと、この男にしては珍しく不明瞭な声で呟きながら、背中をさすってくれた。

その手があまりに優しく心地よかったから、燎は危うく柊の腕の中で微睡《まどろ》みかけた。


その後、数分間はあまりよく覚えていない。抱かれたことの疲労感だとか、どこから来たのかも分からない妙な安堵《あんど》感だとか……そんなもので意識が朦朧としていたのだ。なので、その間何をされたのかもよく分からない。だが不意に、

「ほら、しっかりしてください」

いつかされたように、軽く頰を叩かれた。顔を上げると、柊が部屋を出て行くところだったので、燎が思わず「あっ」と声を漏らすと、

「駐車場で、お待ちになっていてください」

振り返りはしなかったが宥《なだ》めるようにそう応えて、柊は部屋を出て行った。

燎はしばらく柊の出て行った先を見つめていたが、ふと背後を振り返り、豪華なスウィー

トの部屋を見た。そして、綺麗にベッドメイキングされた立派なベッドを見て苦笑した。

（あんなにいいベッドが、すぐ近くにあったのに、こんな廊下で……）

何をやっているのだろう、自分たちは。苦笑しつつ、立ち上がろうとした。しかしその途端、腰に鈍痛を覚えたものだから、燎は唸《うな》り声を漏らしてしまった。

腰が……身体が重い。

「全く、我を忘れ過ぎだ。……バカ」

部屋を出て、エレベーターに向かいながら、小さく毒づいた。その時。

「へぇ？　あの男のセックスは、そのように激しいんですか？」

「うん、すごい。まぁでも、ちゃんと気持ち良くしてくれるから、別に……っ！」

自然に返してしまったが、はっと我に返り振り返ってみると、

「ほぉ、それは結構なことです」

にこやかに微笑む木口がいたものだから、燎は仰天した。

「ななななんで、お前がここに……っ」

「私はこの見合いをセッティングした人間ですよ？　様子を見に来るのは当たり前です。で、こうして来てみれば……見合い相手を放り出して、柊と何をなさっているんです」

首筋のキスマークを指差し、ズバリ指摘されたその言葉に、燎は顔面蒼白《そうはく》になった。

「しかも、何です。あんな大声を出して……ちょっと外に声が漏れてた……」

「わぁ！　頼むっ、それ以上は言わないで……ぁっ」

よろめいて倒れそうになった燎の身体を、木口がすかさず掬《すく》い上げる。

「ほら。そのような身体で無理はいけません」

少しお休みなさい、と燎の身体を支えながら近くのソファへと引っ張って行く。

その間、燎の頭の中はパニック状態だった。

柊とのことが木口にバレた。同じ会社に勤めていて、柊の上司で、自分の従兄弟の……この世で最もバレてはいけない相手にバレてしまった。

どうする。なんと言って取りつくろう？

動揺しまくる頭で必死に考えた。だが、ソファに座らされた瞬間。

「で？　今度こそ、ちゃんとくっついたんでしょうね？」

燎は「へ？」と間の抜けた声を上げた。すると、木口が露骨に顔を顰める。

「まさか、まだくっついてないと言う気じゃないでしょうね？　……勘弁してください。ここまで完璧なお膳立てをされておいて、まだ進展なしだなんて、もう面倒見切れな……」

「ちょ、ちょっと待ってくれ！」

とんでもないことを言い出す木口に、燎は声を上げた。

「そ、それってつまり……今回の見合いは、俺と柊をくっつけるために、わざと……」

「ええ、そうです。おまけに、あなたは今夜彼女とホテルに泊まる気満々だと、柊を散々煽《あお》ってやったんですよ？　感謝してください」

「な……何が感謝だ、バカ！　そのせいで、俺がどれだけ大変な目に遭《あ》ったか……それにこんなこと、玲子さんに失礼だろうっ」

強く抗議したが、木口はフンと鼻を鳴らすばかりだ。

「柊の気を引くために見合いしておいて、よくそんな綺麗事が言えますね。それに、ご安心ください。彼女は傷ついたりなんかしません。彼女もあなたと同じですから」

「え……？」

「なかなか煮え切らない想い人がいるということです。なので、『見合いをして彼を焚《た》きつけてみては？』とご提案したのです。すると、彼女は快諾。その上、先ほどレストランを覗いたら、人目もはばからず男性と抱き合っていらっしゃいました」

なので、何の問題もありません、と得意げに言う木口。

「……他にも、こんなことを……？」

「そうですね。後は、柊が目付役に志願するよう焚きつけただけです。あなたを狙ってる連中が、あなたを乱交パーティーにおびき出して輪姦しようとしている、と吹きこんで」

澄ました顔でそんなことを言う。

「……それは、サポートじゃない。爆弾投下したって言うんだよ」

その強烈過ぎる大嘘を真に受けた柊の暴走を思い出しながら吐き捨ててやる。

「……それ、楡にも言われました」

「楡？　なんであいつが出てくる」

「あいつは、柊の親友なんです。だから柊に過保護でね、今回も『あんたの、煽るだけ煽って投げっぱなしのやり方は、とても見てられない』と、勝手に色々動いていたようで……」

そういえば最近、楡はやたらと話しかけてきた気がする。面白半分な感じだったし、柊ともさして親しくないようだったから、深く考えていなかったが……。

何が単なる防波堤だ。実は結構友情に篤《あつ》い男だったんだなと、昨日珍しく怒りを露《あら》わにして、柊のことを言及してきた楡を思い返し、感心したのだが、

「全く、棚上げ発言にも程がある。自分だって、あなたが資料室で残業していると柊に教えて、一年間放置したくせに」

またも飛び出した驚きの事実に、燎は目を剝いた。

確かに、柊が初めて深夜の資料室にやって来た時、どうしてこの場所が分かったのかと不思議に思った。だが、多分自分の後を尾《つ》けてきたか、たまたま資料室に入るところを見たのだろうと、あまり深く考えなかった。しかし、実際は……。

「お、お前たち、どういう神経してるんだ！　そんな前から、あれこれ……ゲイでもない俺と柊をくっつけようと裏工作して、一体何が目的……ふぐっ！」

面白そうだったから、などというふざけた理由だったらただではおかないとばかりに詰問

したが、思い切り鼻をつままれた。

「どういう神経？　その言葉、そっくりそのままお返しします」

燎の鼻をつまむ指先にいよいよ力を込めながら、木口が地を這うような声で吐き捨てる。

「私だってね、ショックでしたよ。赤ん坊の頃から可愛がってきた従兄弟が、男に……しかも私の部下に興味を示すなんて！　冗談じゃない」

だから、木口は最初見て見ぬ振りをしていた。柊は燎にコーヒーを出せるだけで満足し切っていたし、燎もプライドが高いから、話しかけてもこない柊に自分から話しかけるようなことはしない。だから、放っておけば、燎の恋心は勝手に自然消滅するはずだと踏んだのだ。

しかし、燎は柊に飽きるどころか、どんどん本気になっていく。だが依然意地を張って、自分からは決して話しかけようとしない。

そのくせ、お前のほうから話しかけてこいと柊に熱視線を送り続けるのだ。一年以上も！

「もうね、あなたが醸し出す、青春の一ページのような甘酸っぱいグダグダな空気には、胸焼けがしましたよ」

ここまでくると、従兄弟をゲイにしたくないという気持ち以上に、木口はイライラしてきた。そして極めつけが、半年前の歓送迎会だ。

「あなたはとうとう、柊までその気にさせてしまいました」

しかも、普通に告白したのならまだしも、酔って熱烈に口説いた挙げ句、翌日には綺麗さっぱり忘れているというのだからシャレにならない。

燎を恋愛対象として意識してしまったことで、柊は燎の熱視線に気づいてしまった。しかし、燎に好かれているなどとは夢にも思わない柊は、自分が燎に邪《よこしま》な感情を抱いているせいでそう見えるのだと、激しい自己嫌悪に陥ってしまった。

「それなのに、あなたがいよいよ『言い寄ってこい』オーラを発するから、もう……」

楡が励ましているようだったが、柊はどんどん塞ぎ込んでいく。燎は燎で「なんでさっさと話しかけてこないのだ！」と苛ついていく。そんなものだから、木口はついに切れた。

「いい加減、面と向かって話してどうにかなれ！　と思いたくなりますよ。で、いざ話してみたら二日目でベッドイン？　その上、柊が出頭？　本当に何なんです、あなたたちは！」

「そ、それは、その……ご、ごめん」

あまりの剣幕に、つい謝ってしまった。そんな燎を木口は無言で睨んできたが、ふと溜息を吐いたかと思うと、こう言った。

「悪いと思っているなら、柊にモノを強請《ねだ》るという概念を教えてやってくださいますか？　そしたら、許してさしあげます」

「……え」

「なにせ、これはあなたにしかできないことなので。それで、当初の約束……柊に負けたら、素行の悪さを謝る件についても許してさしあげます」

苦笑しつつ燎の肩を叩くと、木口は立ち上がった。

「話は以上です。本日は私のつまらない座興に付き合ってくださり、ありがとうございました」

どうぞ気をつけてお帰りください。そう言って、木口は優雅に頭を下げた。


木口と別れ、駐車場へ向かいながら、燎は赤くなった顔を手で拭った。

揄どころか木口にまで、柊のことがバレていたなんて。しかも、自分が自覚するずっと前から、あれこれ気を遣われて……そう思うと、恥ずかしさでまた顔が熱くなってくる。

(俺、こんなに……恋愛下手だったかな)

恋愛なんて、燎にとっては気軽に楽しめる、シンプルなものだった。一緒に楽しく遊んで、セックスして……けれど面倒になれば、それで終わり。たったそれだけのこと。

そう考えれば、柊なんて論外もいいところだ。男だし、訳が分からないし、悪気がないとはいえ、燎を無遠慮に傷つけてくるし、面倒臭いことこの上ない。

それなのに、自分は……と思った時、燎はふと足を止めた。車の運転席に座っている柊の姿が見えたからだ。

柊はシートに身を沈め、目を閉じていた。その顔を見て、燎は木口の言葉を思い出した。

歓送迎会でのキスのせいで、柊がずっと自分を責めていただなんて全然気づかなかった。気づかずに、柊は何も感じないと思い込んで、罵り続けて、

――喉を潰して、両腕を切り落として……そうだ。そうしよう。……そうすれば、もうこんなふうに、お前を傷つけずに済む。

あんなことを言わせるまで追い込んだ。

（もう、あんなふうに傷つけたりしない……絶対）

車のドアを開けて助手席に座り、音を立てないようドアを閉めながらそう思った時だ。

「半ドアです」

突然声をかけられたものだから、燎は「ぎゃっ」と声を上げた。

「それでは半ドアです」

目を閉じたままの柊が、ぶっきらぼうにもう一度言ってくる。燎は口をへの字に曲げながら、ドアを荒々しく閉め直した。

「起きてるなら、目なんか閉じるなよ。紛らわしいな」

「いえ、本当に寝ておりました」

「……眠いのか？　だったら運転代わってやるよ」

また燎のことで思い詰めるあまり寝ていないのかと思って、気遣うように言ってやると、柊は目を開き、まじまじと燎を見つめてきた。

「何だか、心配になります」

「……は？」

「私に優しいあなたなんて……何か、得体の知れない劇薬でも飲んでしまったのではと」

真顔でそんなことを言ってくる。人がせっかく気遣っているのに失礼な奴だ。いつもなら、即そんな文句を言い返している。だが、ぐっと堪《こら》え、もう一度柊の顔をまじまじ見た。

燎は目を見開いた。よく見ると、柊の耳が少し赤かったのだ。もしかして照れてる？

そう思った瞬間、愛《いと》おしさが一気に込みあげてきたものだから、燎は思わず身を乗り出して、柊にキスをした。驚いたように見開かれる柊の瞳が間近で見える。それに目元だけで笑ってみせると、「何の、つもりですか」と、唇がわずかに動いた。

いつもの機械的な冷たい口調より、ひどく人間臭い……震えた声。

それだけで、馬鹿みたいに胸が震えた。

「可愛いお前が悪い」

身を離しながら素知らぬ顔で言ってやると、柊は心底不思議そうに首を傾げた。

「……リボンなど、つけておりませんが？」

その言葉に、燎は声を上げて笑った。すると、柊が不愉快そうに、ほんの少しだけ眉を寄せて……ああ。

自分は、この男が時折垣間見せる、人間らしい表情が好きだ。

そして、先ほど見せた柔らかな笑顔。あんな顔を見せられたら、こっちも嬉しくなってしまうし、もっと見たいと思ってしまう。

それこそ、あの笑顔が見られるなら、どんなことでもしてやりたいと思うほどに。

「なぁ。帰ったら、お前の淹れたコーヒーが飲みたい」

「……コーヒー、ですか？」

「ああ。お前のコーヒー……美味しくて、好きなんだ」

だから……この男が微笑うためには、自分からの好意が必要だというのなら、好きなだけくれてやる。自分は燎に何かを求めてもいいのだと、我儘《わがまま》を言ってもいいのだと思えるくらい、甘やかしてやる。

そうして、もっともっとたくさん、微笑えるようになればいい。

「……そう、ですか」

燎の言葉に、わずかに頬を緩める柊を見て、燎はそう思った。

不可解な男、愛に戸惑う

——お前、それでいいのか？

これは、誰に言われた言葉だったか。

——椅子とコーヒー出して、上着かけて……それだけで満足なのか？

これは楡《にれ》だ。いつのことかは忘れたが、燎《りょう》が飲み終えたコーヒーカップを片付けている時に、そう尋ねられた。

——いえ。できるだけ美味《おい》しいコーヒーをお出ししたいです。私が勝手に出すコーヒーを飲んでいただいているわけですから、美味しく飲んでいただきたいと……。

——いや、そういうんじゃなくてさ。もっと他にあるだろう？　話してみたいとか、仲良くなりたいとか、そういうことは……。

——思いません。

口下手《くちべた》で、話せる話題皆無の、面白味の欠片《かけら》もない自分と話したって、燎にストレスを与え、迷惑をかけるだけだ。だから、話したいだなんて思わない。

——私と話して楽しいと思える物好きなんて、楡さんくらいです。

——……お前、謙虚なのか図々《ずうずう》しいのか分からねぇ奴だな。

誰がお前と話して楽しいだなんて言ったよ。渋面を作りながらそっぽを向く楡。それを見た後で再度、全部飲み干され空になったコーヒーカップを見て、柊《ひいらぎ》はかすかに頬《ほお》を緩ませた。

自分のような人間を雇って使ってくれる木口《きぐち》がいて、構ってくれる楡がいて、その上、自分が勝手に出すコーヒーを毎回全部飲み干してくれる燎がいる。とても満足している。これ以上望んだらバチが当たる。本当にそう、思っていたのに、

——知ってるんだぞ？

あの日……半年前の歓送迎会のあの日。

——本当は俺と、こうしたいって……思ってるくせに。

色素の薄い濡《ぬ》れた瞳に見つめられ、口づけられて……世界が変わってしまった。

＊＊＊

なぜそういうことになったのか、いまだに不思議でしかたないのだが、多岐川燎《たきがわ》とお付き合いなるものを始めて一ヶ月。柊宗一郎《そういちろう》はひどく心臓に悪い日々を過ごしていた。

今まで、自分が用意した椅子に座ってくれて、自分の淹《い》れたコーヒーを飲んでくれるだけでありがたいと思っていた相手が、にっこりと笑いかけてくれるだけでなく、腕の中で無防備に甘えてくれるようにまでなったのだ。無理もない。

何度か垣間見たことがある、仕事に打ち込む燎もキラキラ輝いていて素敵だと思うが、自分との他愛ない会話に屈託なく笑い、腕の中で恥じらいながらも、赤く染まった頬をすり寄せてくる様は殺人級に可愛《かわい》い。頭がクラクラして、心臓は高鳴りっぱなしで……と、いつ心

臓が爆発してもおかしくないほどに、柊は幸せだった。

それなのに……非常に残念なことだが、燎はそうではないようだった。

今までもそうだったが、付き合うようになってからも、柊はよく燎に怒られた。しかも、柊が思ってもみないことに対して怒るから、非常に面食らう。今日も今日とて、

「お前、社長と仲良し過ぎないか」

昼休み、社長秘書室で一緒に昼食を摂っていると、藪《やぶ》から棒にそう言われたものだから、柊は思い切り首を捻《ひね》った。

自分が多岐川社長と会うことはほとんどないし、逢《あ》ったとしても、二言三言《ふたことみこと》事務的な言葉を交わすだけ。これのどこが仲良しだというのか。

「お前、社長に『宗ちゃん』って呼ばれてるんだってな」

「？　……はい。確かに、おっしゃるとおりですが……それは、つまり……社長が私のことをあだ名で呼んでいるから、私と社長は仲がいいと思った、と？」

「そうだよ！　ただの上司と部下にしちゃ、馴《な》れ馴《な》れし過ぎる……」

「なぜ？」

「……は？」

「なぜ、あだ名で呼ばれることが、仲がいいということになるのでしょうか？」

純粋な疑問をそのまま口にした。すると、燎は「はぁっ？」と間の抜けた声を上げた。

「なぜって……そりゃ、当たり前だろ。下の名前で……しかも『ちゃん』付けだぞ」

「そうですが……呼び方なんて、自分が呼ばれていると認識できれば何でもいいのでは？」

「お前何言ってんだっ？」

信じられないものを見るように、燎が大きく目を見開いた。

「それ本気で言ってんのか？　ありえねぇだろ、その考え方！」

「なぜ？」

「なぜっ？　そんなことも説明しなきゃなんねぇのか！　じゃあ訊《き》くが、お前初対面の人間を呼び捨てできるか？」

「時と場合によります」

「なんだよ、その答え。普通『いいえ』だろ！」

「敬称で呼ぶに値しない相手もいますし」

「何の話だよっ、それ。普通の社会人生活でありえねぇだろ。お前普段どんな生活してんだ！あ、いや、もう……そうじゃなくて！」

燎は頭を抱えてしまった。それを見て、それまで傍観していた楡が喉《のど》を鳴らして笑う。

「坊ちゃんも大変だな。色々教えることが多くて」

「ああ……もう、何から教えたらいいか分からねぇくらいだ」

「それは、いくら何でも言い過ぎでは？」

あまりの言い草に柊は思わず異議を唱えたが、二人からほぼ同時に「妥当だ!」ときっぱりと言い切られてしまった。

酷《ひど》い。何もそこまで言わなくてもと内心ちょっと傷ついた柊をよそに、二人は話を進める。

「楡、何か上手《うま》い言い方ないか? お前こういうネタ得意だろ」

「ははっ、残念。呼び方がどうのなんて気にするほどのお嬢ちゃんは、相手にしないの、俺」

名前なんか知らなくてもヤれるし。さらりとそう言って、口から紫煙を吐き出す。そんな楡に燎は露骨に顔を顰《しか》め、また口を開きかけたが、

「じゃあ、柊。こう考えてみろ」

それより早く、楡が柊に振り返り口を開いた。

「例えば、俺が坊ちゃんのことをいきなり下の名前で呼びだしたとしよう。どう思う?」

「はい、効率化を図ったのだと思います」

「……こ、効率化?」

「呼び方を短縮して、口を動かす回数を減らそうとしたんでしょう?」

思ったままを口にした。その途端、楡はぎょっと目を剝《む》き、口をあんぐり開けた。そのまま固まっていたが、あるものに目を向け表情を引きつらせた。

見てみると、燎ががっくりと肩を落とし、暗い顔で俯《うつむ》いている。なぜ燎がそんな悲しそうな顔をしているのか分からず柊が戸惑っていると、楡が労《いたわ》るように燎の肩を叩《たた》いた。

「同情する。こりゃ大変だ」

「……俺一人、馬鹿みてぇ」

「いや……あ、それじゃあ！　坊ちゃんがこいつを下の名前で呼んでやるってのはどうだ」

気を取り直すように大きな声を出し、楡が提案した。燎が勢いよく顔を上げる。

「な、なんで俺がっ」

「実際恋人に言われてみたほうが分かると思って」

「それはっ……ま、まぁ、そうかも……しれないけど……」

なぜか、燎の顔がみるみる赤くなっていく。それを見て、楡もますます笑みを深くする。

「ほら、言ってみろ。モノは試しだ」

楡が燎の肩を押すと、燎がゆるゆると緩慢な動きでこちらに目を向けてきた。その目が頼りなく揺れ、少し濡れていたものだから、柊はドキリとした。

「……そ」

しばらく口をむにむに動かした後、燎は意を決したように口を開いた。

「そ…そ……そう……あああ！」

耐えられなくなったとばかりに奇声を発し、燎は顔を両手で隠して蹲《うずくま》ってしまった。相当恥ずかしかったのだろう。耳まで真っ赤だ。

だが、絶望的に鈍い柊にはそれさえ分からず、「どこか具合でも悪いのですか」と、気遣わしげに訊《き》く始末だ。

「……煩《うるせ》え。誰のせいだと思ってる」

柊が顔を覗《のぞ》き込むと、顔を隠したまま、燎が怒った声で詰《なじ》ってくる。

「……私、ですか？」

「他に誰がいる」

「……そんな、無理して呼び方を変えようとなさらなくても」

「だから！　お前が分からないって言うから……」

「分かっています。お忘れですか。私があなたに名前を呼ばれただけで我を忘れたことを」

燎が弾《はじ》かれるように顔を上げる。そんな燎にできるだけ心を込めて、柊はこう告げた。

「あなたが私だと認識して声をかけてくださる。それだけで、私は幸せです」

いつもなら、すぐに何か反応が返ってくる。だが、燎は口をぽかんと開けたまま黙っている。楡も同様で……。

自分はまた、何かおかしなことを言ってしまったのだろうか。いつまでも絶句している二人に不安を覚えた時、柊のデスクの内線が鳴った。

「社長秘書室です。……はい、承知いたしました。すみません、所用ができましたので」

ここで席を立つのは気が引けたが、仕事なのだからしかたない。柊は呆然《ぼうぜん》とする二人に慇《いん》懃《ぎん》に頭を下げると、部屋を出た。

後には、いまだ呆然《ぼうぜん》としている燎と楡だけが残された。

なぜ、燎は呼び方なんてものに、あんなにこだわるのだろう。

午後、仕事の間中、柊は心の片隅で首を捻り続けていた。

呼び方なんて、自分が呼ばれていると分かるなら、何だっていいではないか。そんなものを重要視する意味が分からない。そんなことよりも、もっと大事にすべきことがあるはずだ。例えば、名前を呼んでもらえるという事実。これは呼び方などよりもずっと大事なことだ。

人間は毎日大勢の人間と会っている。家族や職場の人間のような顔見知りから、ただすれ違うだけの、会ったことさえ認識されない人間まで、膨大な数の。

その中で名前を知り、呼ぼうと思う対象の割合は極めて微々たるものだ。

そんな中で存在を認知され、名前まで覚えて呼んでもらえるのだ。この自分が……こんな自分が……と、思った時。

――お前の何が嫌かって？　それはな、全部だよ。

ある男の声が、脳内でフラッシュバックする。

――お前がこの世に存在していることも、あの女とお前を可愛がった過去も何もかも、俺には辛《つら》くてしかたないんだよっ。だから、俺に好かれようだなんて思うな。

（……父さん）

ひどく苦しげな顔で、悲鳴のような声を上げながら殴ってきた父の姿が脳裏を過《よ》ぎり、柊は小さく唇を噛《か》みしめた。

優しくて、温かくて、母のことが大好きだった父。

突然の事故で母が亡くなった時は二人で泣いて、それでも最後には「お前は母さんの分まで幸せになるんだぞ」と頭を撫《な》でてくれて、それからずっと……愛情たっぷりに慈《いつく》しみ、育ててくれた。

柊が、母と不倫相手の間に出来た子どもだと、分かるまでは――。

――なんで、お前なんかがこの世に存在しているんだっ！

今にして思えば、父は不倫相手の男の顔にそっくりな柊と向き合うと、母の不貞を突きつけられるようで嫌だったのかもしれない。父は本当に、母のことが好きだったから。

だがそんなこと、幼い柊に分かるわけもなく、ただただ……自分が何か悪いことをしたから、父は冷たくなったのだと思った。それまでの父はとても優しく、正しい人だったから、父が間違ったことをしているとは、夢にも思わなかったのだ。

自分がいい子になれば、父はまた前のように自分を好きになってくれるはず。そう思ってたくさん努力した。家の手伝いをして、勉強を頑張って……お前の顔が嫌だと言われたから、形を変えようと石で顔を叩いたこともある。

でも、一番努力したのは、できるだけ自分の気持ちを考えないようにすることだった。罵《ののし》られ、叩かれることが哀しくて泣いたりすると、うっとうしいと父を怒らせてしまうから、涙が零《こぼ》れぬよう……。

父が自分を叩くのは自分が悪いからで、父は何も悪くなくて……だから、父を恨まないよう、嫌いにならないよう、何も考えるなと必死に……必死に自分に言い聞かせ続けて——。

とにかく、一生懸命頑張った。けれど、状況はちっともよくならない。それどころか、「お前は、俺を苦しめてそんなに楽しいか」と言われるばかり。

自分は悪い子の上に、何をしたらいいのかも分からない馬鹿で駄目な子。そう思ってからは、父に言われたことだけ行動した。自分で考えて何かしたら、父を傷つけるだけだから。

お前が笑うと、お前だけ幸せなようでムカつくから笑うなと言われたので、笑うのをやめた。お前の言う言葉は全て耳障《みみざわ》りだから喋《しゃべ》るなと言われたので、喋るのもやめた。

そしたら、友人も誰もいなくなってしまったけれど……いいことだと思った。あんなに優しい父に殴られてばかりいる駄目な自分といたって、迷惑をかけるだけだから。

中学に入る頃には、「哀しい」「辛い」どころか……「痛い」さえ、感じなくなっていた。

父に殴られても、生意気だと不良に絡まれて痛めつけられても、何も感じない。

父がアルコール依存症に陥り、もがき苦しんでいても、それでも酒が飲みたいとむせび泣いていても……何も感じないし、考えない。

どうせ、バカな自分がいくら考えたって、父の心が分かるわけがない。

自分にできることはただ、父の願いを叶《かな》えることだけだと、父が我慢できず酒を飲んでも止めず、ほとんど食べさせてもらえず、痩《や》せてボロボロだった柊に同情して、これで何か食べろと人にもらった金を全部、酒代として父に渡し……とにかく父に言われたとおりにした。

ほら、父さん。ちゃんと父さんの言うとおりにしているよ。俺、いい子だよね？

いつの間にか、おぞましい化け物を見るような、怯《おび》えた目でこちらを見るようになった父を、色のない目で見つめながら、そう……心の中で何度も問いかけた。それなのに、

――宗一郎、俺はお前を捨てる。

あれは、十五の暑い夏の日のこと。久しぶりに名前を呼んでもらえたと思ったら、

――俺はお前を忘れて好きにするから、お前も俺を忘れて好きにしろ。

そう言って、父は母の元へ逝ってしまった。

何がいけなかったのか、父が飛び降りたビルを見上げ、ぼんやりと考えた。

はっきりとした答えは出なかった。だが、それでも……自分が父に捨てられてもしかたのない、救いようのないクズであることだけは分かった。

泣けないのだ。父が死んだというのに、涙一つ出てこないし、心も痛みを覚えない。いくら怒られないよう、泣き方を忘れたからって……最低だ。

父には……「息子を虐待した最低の父親」「人間のクズ」と世間から蔑《さげす》まれていた父には

もう、自分以外泣いてくれる人間がいないと分かっているのに、どうしても泣けない。

そんな自分だから、嫌われて、捨てられてしまった。

そんな……親にさえ捨てられる、どうしようもなく駄目で、馬鹿な人間なのだ、自分は。

だから、どんな呼び方だろうと、呼んでもらえるだけでありがたいことなのだ。呼び方に一々ケチをつけたり、他の人間への呼び方を制約したりなんてとんでもない……と思った時。

——お前、それでいいのか？

誰かに言われた言葉が脳裏を過ぎる。ああ、これは……誰に言われた言葉だったか。

（楡さん？　いや、これは……）

「柊」

不意に名前を呼ばれ、柊ははたと顔を上げる。目を見張った。目の前に学ランを着た、不機嫌顔の少年が立っていたからだ。だが、次の瞬間には、

「何をボーッとしている」

少年は、眼鏡をかけ、スーツを着た木口へと姿を変えた。

「また、燎のことを考えていただなんて言わないだろうな」

「……いえ」

「どうだか。それより、これを至急八十部コピー」

突き出された会議資料を受け取りながら、柊は再度木口の顔を見た。

木口と出会ったのは、十五の春。不良に絡まれていたところに塾帰りの木口が出くわし、怪我《けが》した掌《てのひら》にハンカチを巻いてもらったことで知り合った。

木口は非常に物好きな世話好きで、こんな自分の面倒をあれこれ見てくれた。

だがそれと同時に、親子の情というものを一切信じない男でもあった。

――親に愛されない？　だから何だって言うんだ。神様か何かが勝手に引き合わせただけの……自分で選んだわけでもない相手に、くだらない。

そう言って柊の、父に愛されない苦悩をばっさり切り捨てた。父が死んだ時でさえも、柊に憐《あわ》れみの目を向ける周囲を尻目《しりめ》に、こう言い放った。

――いつまで取るに足らない相手のために塞《ふさ》ぎ込んでる。いい加減やめろ。時間の無駄だ。取るに足らないとはどういうことだ。自分は父のために今まで必死に頑張って……と顔を上げると、木口は鼻で嗤《わら》った。

――頑張った？　馬鹿を言うな。お前がしたのは、嫌われない努力だけだ。父親のためになんて、何一つ頑張っちゃいない。

その言葉に、柊は衝撃を受けた。自分は、頑張っていなかった……？

――お前は父親のことが、嫌われたくない程度にしか好きじゃなかったんだよ。本当に大事な相手なら、嫌われてでも相手のためになる行動を取れたはずだから。

意味が分からなかった。好きなら、嫌われたくないと思うのが当然ではないのか。その思いが深ければ深いほど……それなのに、嫌われたくない程度だなんて。

――分からないいか？　大丈夫だ。今分からなくても、いつか教えてくれる人間が現れる。他の誰でもない、お前自身が選んだ、お前だけの相手に。それまでは……しかたないから、僕がお前の居場所になってやる。だから、いい加減立て。

木口が言っていることの意味が分からなかったし、それを教えてくれる人間が現れるとも思えなかった。それでも木口について行ったのは、なぜだろう？

こんな自分に真剣に向き合い、居場所になってやるとまで言われたことが嬉《うれ》しかったのか。

それとも、木口の言葉の意味を知りたいと思ったのか。今でも判然としない。

それでも木口の言うとおり、木口の言葉の意味を教えてくれる人間が本当に現れた。

その人間が、木口が溺愛《できあい》している従兄弟《いとこ》だとは、思いもしなかったが――。

多岐川燎。最初は、木口に可愛くじゃれつく姿を微笑《ほほえ》ましく思うだけだった。

けれど、秘書室に訪れた燎が、柊が奥の給湯室にいることに気づかず、一人悔し涙を浮かべているのを見て以来、見る目が変わった。

――ちき、しょ……俺は、多岐川律《りつ》の……息子って名前じゃない！　多岐川燎って、名前が……ちゃんと……くそっ。

燎が多岐川社長の息子として、周囲から特別視されていることは知っていた。

だが、そのことについて燎が愚痴っているところは勿論《もちろん》、辛そうにしているところも一切見たことがなかったから、別に気にしていないのだと思っていた。それなのに――。

いつも明朗で凛《りん》としている彼が、嗚咽《おえつ》を嚙み殺し、全身を震わせる姿は、ひどく痛々しかった。そして少しだけ、過去の自分を思い出した。

いくら努力しても相手に届かない哀しさ、やり切れなさ……よく分かる。と思った時、不意に、燎が顔を掌で拭うと、何かを吹っ切るように勢いよく立ちあがった。

その時の、夕陽《ゆうひ》に照らされる、涙に濡れた瞳が今でも忘れられない。

ただただ前だけを見据えた、力強くも気高く澄んだその瞳は、これまで見てきた何よりも綺麗《きれい》で、目が離せなかった。

燎の弱った姿を見たのは、後にも先にもその一回きりだ。そしてその後、楡から燎が資料室で夜遅くまで残業していると聞いて、ますます燎から目が離せなくなった。

多岐川律の息子として扱われることが、涙が溢《あふ》れるほどに辛いことなのに、燎は最もその色眼鏡で見られるだろう、父の会社に入社してきた。自分のやりたいことがそこにある。ただそれだけの理由で、困難も承知で飛び込んできた。

陰の努力も苦悩も、おくびにも出さない。周囲に毅然《きぜん》と胸を張るために……柊のような、相手に怒られたくない、嫌われたくないからという消極的な理由とはえらい違いだ。

また、自分を苦しめる最大の原因である父親からも、目を逸《そ》らさない。親のせいで誰も自分を見てくれないと恨むこともなければ、木口のように父親は父親、自分は自分と切り離したりもしない。素直に父の偉大さに敬意を払い、仲のいい親子関係を築いている。

何も捨てることなく、しっかりとした信念を抱《いだ》き、自分の道を突き進んでいく。

その、どこまでも前向きなひたむきさに、柊の心は激しく揺さぶられた。

眩《まぶ》しかった。父からの愛情を再び勝ち取るために、己《おのれ》の尊厳も思考も全て放棄し、父の下僕に成り下がった自分には目も眩《くら》むほど、燎が光り輝いて見えた。

そして、そんな燎を見ているうちにようやく、理解した。確かに自分は、父のために頑張ってなんていなかった。自分は父のいいなりになることで、父から逃げているだけだった。

そう思い至った時、自然に涙が溢れ出てきた。父が死んだ時でさえ出なかった涙が。

それがどういう感情による涙かまでは分からなかったけれど、涙を流し切った時、柊の心はどこか軽くなった。ようやく父のために泣けて、嬉しかったのかもしれない。

燎のおかげだ。燎が自分に泣くという行為を思い出させてくれた。

そう思って以来、柊の中で燎はますます特別な存在となり、心はよりいっそう燎に反応するようになっていた。

燎が溜息を吐《つ》いたりすると、余計なお世話だと思いながらも、椅子やコーヒーを出さずにいられないほど心配になって、燎が嬉しそうにしていると、理由も知らないのに自分も嬉しくなる。そのたびに、何かが満たされるのを感じた。まるで、自分の中で欠損していた箇所が、修復されていくような。

だからなのか、何なのか。木口から、燎が自分のことを電話番もできない能なしだと言っていたと言われただけで、馬鹿みたいに気分が沈んだ。

自分のような人間が、人に好かれるわけがないと分かっているはずなのに……他の人間から口汚く罵られても、確かにそのとおりだとしか思わないのに、燎に対してだけは、眉《まゆ》を不快げに顰《ひそ》められただけで、切れ味の悪いナイフで刺されるような苦痛を覚えてしまう。

けれどそれ以上に、燎が傷つくことのほうがずっと痛くて、嫌で……だから、燎が傷つかずにすむなら、どんなことでもしたいと思った。

自分がどうなろうと、それで燎に嫌われようとも——。

それほどまでに大事で、大事で……と思ったところで、柊の心臓はまた早鐘のごとく高鳴りだした。こんなにも想っていた相手に名前を覚えられ、呼んでもらえる僥倖《ぎょうこう》に、今更ながら感激したのだ。だが、あまりに感動し過ぎたものだから、胸のあたりが痛くなってきた。

（……まずい）

これはひょっとして、今度こそ本当に心臓が爆発するのでは？　だったら今のうちに……と、真剣に考え込んでいると、また木口に名前を呼ばれた。

「手が止まっているぞ。本当に、何を考えている……」

「はい、遺書を書くべきか悩んでいました」

「……はぁっ？」

木口から「心臓に悪いことを言うな」と散々叱られた一日の終わり。家に帰ってネクタイを首元から抜きながら、柊は改めて燎の言葉について考えた。

呼び方なんかどうでもいいという自分を、ありえない、無神経だと怒った燎。呼んでもらえるだけでも幸せだと思うこの考え方の何が無神経なのか、いくら考えても分からない。

燎は明日も怒っているだろうか。もしそうなら、理由を聞いてちゃんと理解しないと。燎が不快に思うところはできるだけ改善したい。自分はたくさん、燎に幸せをもらっているのだから、自分ばかり悪い、と考えた時だ。突然、ドンッと大きな音が室内に響いた。

何だろう？　玄関のほうから聞こえたみたいだが、と首を傾《かし》げつつ行ってみると、

『こら～立てこもってらいで、とっととれて来いっ……ひっく、ひきょーもろめぇ～』

荒々しいノック音とともに聞こえてくる、呂律《ろれつ》の回らないわめき声。

この声、まさか！　とっさにドアを開けると、

「いってぇ～！」

頭を押さえて蹲る燎の姿が見えた。

「バカヤロー！　いきらり開ける奴があるかぁ」

「すみません。あの……っ」

「あ～珍しい～ろーれくたぁ～い」

突然抱きついてきて、はしゃいだ声を上げる。瞬間、濃い酒の香りが鼻腔《びこう》を殴った。

「飲んでいらしたんですか」

「う～ん、そ～ほんろ、ちーっと。なぁ？　楡……あれ？　楡は？」

さっきまでいたろに、と首を傾げる燎に、柊はわずかに眉を顰めた。

（楡さん……この方が酒に弱いことを知ってるくせに、こんなに飲ませて）

とにかく、部屋に通そう。このままでは近所迷惑だ。しかしいくら促しても、燎は柊に縋りついたままケラケラ笑うばかりだ。……仕方ない。

「うわぁっ！　らりすんだよ、てめぇ」

横抱きに抱えあげると、燎はとろんとした目を丸くして驚いた声を上げた。だが、それも一瞬のことで、また楽しげにはしゃぎ出した。

「ははは。へぇ～これが乙女ろ憧れ、お姫様抱っこってやつかぁ。う～ん、しんせーん！」

その無邪気な笑顔に、柊ははっとした。同じだったのだ。半年前の歓送迎会で、燎が酔ってキスをしてきた時と同じ……。

「あの……大変差し出がましいことを言いますが、そのような飲み方は……たとえ楡さんとでもおやめになってください。それでなくても……」

半年前の歓送迎会で盛大に失敗しているのだから、と続けようとしたが、それより早く、

「うるせぇー！」

ベッドに下ろそうとした瞬間。引っ張られ、ベッドに押し倒されてしまった。その上に燎がすかさず乗り上げてきて、馬乗りされる。

「られのせいで、こんらにろんだと思ってる。お前が……お前が馬鹿だかららろう！」

燎が濡れた瞳を歪《ゆが》める。その悩ましげな表情に、柊はどきりとした。

ますます同じだ。あの時も、燎はいきなり馬乗りしてきて、今のような表情を浮かべ、

──知ってるんだぞ？　本当は俺と……。

こうしたいって……思ってるくせに。そう言って、ひどく柔らかい唇を重ねてきたのだ。

「呼び方らんてどうでもいいとか……むかつく！」

「それは……んっ」

「むかつくんだよ……ばか」

おもむろに両頬を摑まれ、口づけられる。まだ酒の味が残っている舌を絡められながら、洋酒のように妖《あや》しく揺れる瞳に、至近距離で見つめられて、頭がクラクラした。

そうだ。この瞳……この瞳に見つめられて、自分はおかしくなってしまったのだ。

この瞳に初めて見つめられた瞬間、生きていくためのすべての動作を忘れた。

目の使い方、耳の使い方、呼吸、もしかしたら心臓の動かし方までも。

そして、身体の機能が何もかも停止した中で、誰かが叫んだのだ。この男が欲しい。自分

のモノにしたいと。

その叫びは、あれからずっと柊の中で響き続けている。燎は男で、自分などがそんなことを思うのはおこがましいといくら言い聞かせても、声高に、激しく……柊を蝕《むしば》み続ける。

「遠慮ばっかしやがって、小さいことですぐ満足しやがって！　もっと欲しがれ。欲張れよ」

——お前なら、いいぞ。お前にならいいぞ……こうされても、いい。

あの時と同じ、熱っぽい掠《かす》れた声音と甘い囁《ささや》き。

「俺のこと……お前に名前呼ばれたら……心臓止まるとか、思っちまうほど……酒でも飲まなきゃ……お前の名前、呼べもしねぇほど堕《お》としておいて……っ」

——だから、早く……早く、俺を堕とせ。

「責任取れよ、バカ！　バカ宗一郎《そういちろう》」

熱い吐息とともにひどく悔しげなその囁きを、唇に吹きかけられた瞬間。

「……ん？　ひ…いらぎ？」

酔っぱらっている燎にも分かるくらい盛大に、柊の中で何かの糸が切れた。そして——。

翌朝の、始業時間五分前。柊は木口のデスクに電話をかけた。

「柊です。大変申し訳ないのですが、本日有休をいただきます。……理由ですか？　……就業規則には、事情を説明しなくても有休が取れると記載してありました」

なので黙秘します。そう言って、柊は怒り狂う木口との通話を切った。その後ろで、

「もしもし、多岐川ですが……え？　声が変？　……は、はは、そうなんです。どうも風邪を引いたらしくて。明日には治ると思うので……すみません。ご迷惑をおかけします」

喘《あえ》ぎ過ぎてガラガラ声になった燎が、至極申し訳なさそうにスマホに向かって謝る。そして通話を切ると、深い溜息を吐いた。そんな燎に、柊は深々と頭を下げる。

「大変申し訳ありません。このようなことになりまして……」

「全くだ。いきなり豹変したかと思ったら、朝まで延々犯《や》りまくりやがって」

おかげで全然足腰立たねぇじゃねぇか！　と、弱々しい蹴りを繰り出される。

「大体、なんでお前の反応はいつもゼロか百なんだ！　両極端過ぎるんだよ。呼び方なんてどうでもいいって言ったくせに、俺に名前呼ばれただけで、あんな……ああ、くそっ！」

柊に枕をぶつけると、燎は布団の中に潜り込んでしまった。そんな燎に、柊の胸は罪悪感ではち切れそうになった。

非常に真面目で、仕事に対して誠実な燎にとって、セックスのし過ぎで仕事を休むなんて耐え難い汚点に違いない。

できることなら、このピンピンしている身体と取り替えて、会社に行かせてやりたい。なんて、できもしないことを本気で願っていると、布団の中から深い溜息が聞こえてきた。

「……どうかしてる。セックスのし過ぎで会社休むとか、ありえねぇ」

「はい。誠に申し訳……」

「それなのに、俺……嬉しいとか、思ってる」

え？　と柊が目を見開くと、燎の入った布団の山がふるふる震えだした。

「お、俺に名前呼ばれて、お前が……こんな馬鹿するくらい喜んでくれたのかと思ったら」

「それは……」

「お……お前のせいだぞ！　お前が小さいことに喜んでばかりいるから、俺もなんか……小さいことでも、馬鹿みたいに嬉しくなるようになっちまって……」

「申し訳ありません。あの……一体、何のお話でしょう？」

意味が分からず柊が聞き返すと、燎は「は？」と間の抜けた声を漏らしつつ、布団の中から顔を出した。

「何のって……お前、俺に下の名前呼ばれて我を忘れるくらい嬉しかったんだろ？　それで、俺をこんなになるまで抱いて……」

「違います」

「……ああ？　じゃあなんで」

「それは……知って、いたのかと」

「は？」

「あなたが、私の、下の名前を……知ってくださっていたのかと思ったら、つい」

そう言うと、燎は「はあっ？」と素《す》っ頓狂《とんきょう》な声を上げた。

「知ってて当然だろっ！　ってか、昨日言おうとしてただろう？」

「『宗』までしか知らなくて、言えないのかと……」

「じゃ、じゃあ……下の名前を呼ばれたこと自体は……」

そう言われ、柊はようやくはたと気がついた。そうだ。下の名前まで覚えてもらっていたことが嬉し過ぎて失念していたが、自分は燎に下の名前を呼んでもらっていたのだ！

そう改めて思うと、また柊の中の理性の糸が張り詰めていって……。

「駄目だ！」

糸が切れる寸前、燎は慌てて声を張り上げ、柊の両肩を摑んだ。

「もうそれ以上考えなくていい！　落ち着け。深呼吸しろ」

明日も会社を休ませる気か！　と叫ばれ、柊ははっとした。そうだ、これ以上燎に迷惑をかけるわけにはいかない。

何か別のことを考えよう。例えば、今日燎に出すコーヒー豆の配合……駄目だ！　コーヒーを飲んだ時に燎が浮かべる笑顔が脳内に広がり、ますます理性が遠のいていく。

もっと別の、燎以外のことを考えなくては！

明日、木口からどんな恐ろしい報復が繰り出されるのか、とか……楡にどれほど卑猥《ひわい》な言葉を尽くしてからかわれるのか、とか……と、必死に気を逸らそうとしていると、いきなり「ぷっ！」という噴き出すような息遣いが聞こえてきた。

なんだ？　と顔を上げようとすると、それより早く燎が勢いよく抱きついてきて、そのままベッドに押し倒された。

「ああ！　もう何なんだよ、お前。可愛過ぎる！　ははは」

楽しそうに笑いながら、ぎゅうぎゅう抱き締められる。そんな燎に柊は目を白黒させた。

一体何を考えているのだ。こっちは理性を保とうと必死なのに、煽《あお》るようなことをして！

（本当に……いつまで経《た》っても、この人は俺に対して危機感がなさ過ぎる）

いい加減学習してほしいと苛立《いらだ》ちを覚えていると、燎が不意に笑うのをやめた。そして、

「……好きだ」

何の脈絡もなく、そう言った。それがあまりにも突然のことだったから、柊は面食らったが、続けて言われた言葉に息を飲んだ。

「お前は……言ってくれないのか？」

その言葉に全身が強張《こわば》る。

——好きだ？　俺を苦しめてばかりいるくせに……おこがましいんだよっ。

父に「好きだから嫌いにならないで」と訴えるたびに、そう言って殴られた過去が脳裏を過《よ》ぎったからだ。

燎は父とは違う。それに、この場面で「好きだ」と言わないことが、燎に対して失礼なことだと分かってもいる。

だが、どうしても口にできない。どんなに言葉にしようとしても、自分が「好きだ」と訴えるたびに苦しげに顔を歪ませていた父を思うと、喉が詰まり、唇が震えてしまう。

柊が何も言えないままでいると、「悪い」という言葉とともに、強張った身体を強く抱き締められる。

「こういうの、無理矢理言わせることじゃないよな」

「いえ、そんな……」

「……それに、よく考えたら俺も困る」

柊が「え？」と声を漏らすと、燎は顔を柊の首筋に押しつけ、消え入りそうな声でこう言った。

「き、昨日言ったと思うけど、俺……酒飲まなきゃ、お前の名前も呼べないんだ。そんな俺が、お前に名前呼ばれたり、す……好きだとか言われたら、心臓止まると思うんだ」

前に、柊が「心臓が破裂する」と言った時は、そんなことあるわけがないだろうと笑っていた燎が、真剣な声でそう言った。

「それは、困ります」

柊が生真面目にそう返すと、燎は「うん、俺も困る」と頷《うなず》いて、顔を上げた。

その顔は羞恥で赤く染まっていたが、目はしっかりと柊を見据えてきた。

「だから、な……ゆっくりでいいよ。お前が、俺のこと……好きだって、言えるようになるの……ゆっくり、ゆっくりで……」

「それ、は……っ」

柊の言葉を遮るように、燎が手を伸ばしてきた。そして、柊の前髪を掻きわけて額《ひたい》の生え際部分を、指先でそっと撫でた。

最近、燎はよくそこを触る。昔、父に煙草の火を押しつけられた火傷《やけど》の痕《あと》がある箇所だ。傷痕のことについて、燎は何も言わないし、何も訊いてこない。ただ、そこに触ると決まって優しく微笑み、「好きだ」と囁いてくるだけだ。そして今も――。

「俺も、頑張るから」

労るように傷痕を撫でながら、燎が柔らかく微笑《わら》う。

「お前が何か考えるより早く、思わず『好きだ』って、ぽろっと言っちまうほど、いい男になるよ。だから……んんっ」

我慢できず、柊は燎の唇に嚙みついた。

ああ、どうして……この男はこんなにも物好きなのだろう。

こんな自分のためにもっといい男になりたいだなんて、どうかしている。意味が分からない。

けれど、その言葉はじわりと五感に染み渡っていく。凍《い》てついた氷を溶かす、春の日差しのように優しく――。

その感触を噛みしめながら、燎を抱き締める。すると、いつか言われた誰かの言葉が、また脳裏を過ぎる。

――お前、それでいいのか？

よくない。心の中で誰かが即答した。

今までのように、考えることを放棄して相手の言いなりになったり、椅子やコーヒーを出すだけで満足する……それでは駄目だ。

変わらなければならない。お前の心が欲しいと言ってくれたこの男に応えるために、胸を張って「好きだ」と言える男になるために。

今までなら、相手に迷惑をかけるくらいならと何もしなかったろう。けれど、今は、

「好きだ……柊。大好きだ」

この言葉が、温かく励ましてくれるから。

「……頑張ります。一生懸命……頑張ります」

燎に口づけながら、何度も呟いた。すると、燎は目を細め嬉しそうに微笑みかけてくれた。

柊に泣き方を思い出させてくれた、気高く澄んだ、力強い瞳で。

あとがき

ルチル文庫様では、はじめまして。雨月夜道と申します。このたびは、拙作「不可解な男～多岐川燎の受難～」を手にとってくださり、ありがとうございます。

教育すべき社長令息を際限なく振り回し、手を焼かせまくる目付役という、本末転倒甚だしい話ではありましたが、楽しんでいただけたでしょうか？

この話はWebサイトに掲載していた話の全面改稿版で、実を言うと、私が初めて書いたBLオリジナル話だったりします。なので、もとはかなり古い話でもあるのですが、「書いた当時、燎さん共々柊に振り回されるばかりだったから、ぜひとも再挑戦したい」とお願いしたところ、快諾をいただきまして。ホント、担当編集様はじめ編集部の皆様には感謝感謝です。

今回イラストをつけてくださった中井先生も……柊の極悪豹変顔だの、燎さんは受け受けしくせずに、描いてほしいだの、色々我が儘を言ってしまいましたが、全部受け止めてくださって、ありがたい限りです。中でも表紙絵は、二人の性格、関係がよく表れていて感嘆いたしました。燎さんのちろりと出た舌なんか秀逸です！

いつも赤ペン先生してくれる友人たちも、今回もありがとう！

最後にもう一度、この本を手に取ってくださった方に感謝しつつ、またこのような形でお会いできますことを祈って。

✦初出　不可解な男～多岐川燎の受難～……………サイト掲載作品を全面改稿
不可解な男、愛に戸惑う…………………書き下ろし

雨月夜道先生、中井アオ先生へのお便り、本作品に関するご意見、ご感想などは
〒151-0051 東京都渋谷区千駄ヶ谷 4-9-7
幻冬舎コミックス　ルチル文庫「不可解な男～多岐川燎の受難～」係まで。

RB 幻冬舎ルチル文庫

不可解な男～多岐川燎の受難～

2014年4月20日　第1刷発行

✦著者　雨月夜道　うげつ やどう

✦発行人　伊藤嘉彦

✦発行元　株式会社 幻冬舎コミックス
〒151-0051 東京都渋谷区千駄ヶ谷 4-9-7
電話 03(5411)6431［編集］

✦発売元　株式会社 幻冬舎
〒151-0051 東京都渋谷区千駄ヶ谷 4-9-7
電話 03(5411)6222［営業］
振替 00120-8-767643

✦印刷・製本所　中央精版印刷株式会社

✦検印廃止

ISBN978-4-344-83120-9　C0193　Printed in Japan